Walle Sayer
Nichts, nur

Gedichte und Miniaturen

KRÖNER EDITION KLÖPFER

Walle Sayer

Nichts, nur
Gedichte und Miniaturen

1. Auflage

Stuttgart, Kröner 2021

ISBN: 978-3-520-75501-8

Autor und Verlag danken der Literaturstiftung Oberschwaben,
dem Sparkassenverband Baden-Württemberg
und dem Landkreis Freudenstadt sowie der OEW
sehr herzlich für die großzügige Unterstützung.

Landkreis Freudenstadt

OEW
Zweckverband
Oberschwäbische Elektrizitätswerke

LITERATURSTIFTUNG
OBERSCHWABEN

Umschlaggestaltung: Denis Krnjaić

unter Verwendung von Eleonore Kötter (1932–2017):
Kreuz – Trampelpfad – Kreuzung (1990, Aquarell, 15 cm x 25 cm, Privatbesitz)

Klimaneutral
Druckprodukt
ClimatePartner.com/12514-2101-1014

Gesamtherstellung: Friedrich Pustet Regensburg

Inhaltsverzeichnis

Nichts, nur

Nichts, nur der Vollmond, der sich spiegelt im ruhigen Wasser, ein an den See entrichteter Obolus der Nacht. Nichts, nur ein paar Raben, Funktionäre der Farbe Schwarz, hocken im Geäst, zerkrächzen die Sicht. Nichts, nur die Runde am Nebentisch, Schaumkronen setzen sie sich auf, erlassen ihre Edikte, danken ab. Nichts, nur: diese Tonfolge, dieser Auftakt.

I

Feineinstellung

Und alles Erfundene nur vorauserzählt war

Als ich
aus ausgespülten Senfgläsern
Apfelsaft trank.

Nichts anderes kannte.

Mich einmal auf die Sackwaage stellte
und einen halben Zentner wog.

Irgendwann einen schlotternden Maßanzug trug,
in den ich hineinwuchs,
bis er paßte.

Feineinstellung

Oben, im windigen Gelaß,
knapp über einer Höhenangst,
wo jedes Flügelwachs schmilzt,
kaum größer als sein Anspielkreis
der Fußballplatz erscheint,
und unser Elternhaus weitab
an einen Tintenklecks erinnert
am Rand einer Geburtsurkunde,
sind wir, zwischen all den Feldern,
die auf ihren Farben insistieren,
für den Drachen, der geduldet vom
Himmel unser Aufschauen betrachtet,
nur ein nur: so klein wie der Finger,
mit dem wir es festhalten,
das Schnurende.

Wurfbude

Es braucht bloß
ein paar zusammengenagelte Bretter
mit einer undichten Regenplane darüber,
einen Lichterkranz farbiger Glühbirnen,
Mädchen, schummriges Flitterzeugs tragend,
diese zerdellte, von einem buckligen Sisyphus
immer wieder aufgestellte Büchsenpyramide,
den dritten Wurf, auf den es ankommt,
einen Preis, zu nichts zu gebrauchen,
und den Jugendfreund neben dir, der sagt:
wovon ist mir so duselig ums Herz,
warum druckst du schon heim.

Ammenmärchen

Ein Spätsommertag war es, an dem eine Scheune am Ortsrand sich selbst entzündete und die Hebamme schläfrig wurde vom Warten. Deine Haut schon bläulich verfärbt, kamst du an. Drei Schläge brauchte es für den Atemschrei. Eine bucklige Frau wiegte dich zuerst in den Armen. Später rieb sie deinen Milchschorf mit einer Speckschwarte ein. Die Nachgeburt, beim Nußbaum vergraben, scharrten nachts die Höfleskatzen hervor. Um das Böse nicht anzulocken, durfte bis zur Taufe keine Säuglingswäsche aufgehängt sein im Garten. Ein Kind bist du gewesen, dem man seinen Schnuller hat verbrennen müssen. Kasperköpfe schwammen in den Suppen, die du nicht essen wolltest. Gefürchtet hast du dich vor den Blicken des Fleischbeschauers und seinem ausgepackten Mikroskop. Von Anfang an, sobald du laufen konntest, vom heiligen Antonius an die Stellen und Plätze hingeführt, wo die verlorenen und verzweifelt gesuchten Dinge lagen. Selbst die Nachbarn holten dich deswegen in ihre Häuser. Bei den Richtfesten wolltest du immer auf der Schulter des Vaters sitzen, um besser hinaufsehen zu können zu den obersten Dachbalken, wo der Zimmermeister stand und sein Glas herunterwarf in weitem Bogen. Seinen gereimten Spruch, der den Segen erbat für das Haus, Nöte fernhaltend und Feuer bannend, hast du überall aus heiterem Himmel vor dich hingesagt, selbst beim Einschlafen noch. Einmal hast du ein Kohlestück ausgekocht in Weihwasser und partout nicht verraten, was du damit wolltest. Über Nacht geheilt dein Bettnässen, als die greise Theres unter deiner Matratze ein Hexenhaar fand. Mit den Jahren bist du uns allen über den Kopf hinausgewachsen und jetzt schon so alt, wie einer deiner Vorfahren es war, als er seinerzeit umkam beim Rußlandfeldzug Napoleons.

Ein handgeschriebener Lebenslauf

Als Kind habe ich gesehen, wie den erfrorenen Obstbäumen die gläsernen Äste brachen. Hinter dem Fingerschnalzen der anderen saß ich in der letzten Schulbank. Ich glaubte meiner Großmutter, die an die Heiligen glaubte. Als ein ewiger Sternsinger wollte ich durch die Straßen gehen. So bin ich älter geworden. Irgendwann bekamen am Vespertisch die Gespräche zwischen Vater und Sohn einen hallenden Verhörton. Was man besaß und was einem gehörte, sollte also nicht dasselbe sein. Und dunkle Augenringe erschienen wie eine Stelle, wo Maske und Gesicht noch nicht verwachsen waren. Keine Eselsbrücke gab es zwischen dem, was ich fühlte, und dem, was sich sagen ließ. Plötzlich stand ich da, wo ich jetzt stehe. Ich weiß nicht, was einmal aus mir werden soll. Ich weiß nicht einmal, was aus mir werden soll. Jahre sind mit Spinnenbeinen über mein Herz gelaufen.

Erzählkreis

Eine Kätzin würde nicht so lang mir ihr rummachen, brummelt eine Stimme von der Spüle her. Weißlichgrau schimmert das pochende Bauchfell der Maus, die Pupillen der Katzenaugen weiten sich wieder. Mit einem Satz, ein ungleiches Fangerlesspiel, holt die Katze den trippelnden Vorsprung der Maus wieder ein, hält sie mit eingezogenen Krallen fest, läßt sie erneut los und wartet auf den nächsten Fluchtversuch. Das Kind, das wir waren, viel zu lange über seinen Hausaufgaben, beobachtet alles, hört das kurzatmige Fiepen, und schiebt von allen unbemerkt sein Rechenbuch langsam auf die Tischkante zu. Wie das Buch knallend auf den Boden fällt, daß das Stundengerüst des Tages wackelt, zuckt die Katze zusammen. Dieses Zucken reicht der Maus zum Entkommen in das Bodenloch unterm rettenden Küchenschrank. Der Küchenschrank, der Jahrzehnte darauf, als Überbleibsel dann, abgelaugt und restauriert, sperrig da im Eck steht und dich mit seinem Dastehen zum Kustos deiner Herkunft macht.

Bogenschütze

Ich sehe dich im Garten, wo die aufgehängten Stoffwindeln wie ein Banner wehen, drei Bäume einen dichten Forrest darstellen und ein gestapelter Reifenturm ragt, auf dem die Wächter schlafen. Glaub mir, präziser wirst du keine Reichweite jemals abschätzen können als mit diesem Bogen in der Hand: ein Haselnußstecken, die Sehne aus Paketschnur gespannt. Und ruhiger wird eine Bestimmtheit nie werden als jetzt, da du aus dem Köcher einer alten Plakatrolle einen Schilfpfeil hervorziehst, der eine Holunderspitze hat und mittig einen leichten Knick. Und genauer wird kein Ziel je anvisierbar sein, und sei es nur das unmerkliche Pendeln des Wäscheklammerbeutels, der Bannkreis des Katzenlochs in einem Scheunentor, die Luftmasche um ein einzelnes Ahornblatt.

Leserausweis

Zwischen Buchdeckeln die Wüsten durchqueren, in denen Sanduhren abgefüllt wurden. Ein Suchen, das verirrte Glühwürmchen für Götterfunken hielt. Fernhin, wo die Eyach in den Mississippi fließt. Dieser stockfleckige Robinsongeruch. Bis sich so, im Irgendwann von abgelaufenen Jahren, am Grund solch einer Bücherkiste, das nicht zurückgegebene Buch fand aus der Gemeindebibliothek, die, untergebracht in einem Nebenraum, nur einen festen Abend in der Woche geöffnet hatte und, Rücken an Rücken, Abenteuergeschichten, Heldensagen und Heiligenlegenden versammelte. Von einem Fräulein betreut, das Marienverehrer anzog, angehende Krankenschwester war. In ihrer mädchenfeinen Handschrift geschrieben diese Karteikarte, die mich auswies als Leser, als zwölfjährig eifrigen Stubengelehrten. Sobald die Sätze einen Kreis um ihn zogen, nahmen draußen Spürhunde ihren Eigengeruch auf. Eine Lampe, ein ruhiger Platz, an Deck des abgeschiedenen Nachmittages, auf der Hängebrücke des Alleinseins, erscheint er mir nun, anwesend fort, abwesend da, den Kopf durch Ellenbogenwinkel abgestützt, am liebsten auf der Eckbank, am Küchentisch, von wo er, nach jedem Kapitel auftauchend, aufsieht dann zum Wellensittich: der sitzt vor seinem Käfigspiegel und singt sich etwas vor.

Sommerschnitt

Ein Mittelscheitel bis zur Nasenwurzel, Segelohren freigelegt, Wirbel ausgeschnitten. Irgendein Festtag, weswegen man zuvor beim Friseur gewesen war. Dessen schwarze Kämme, wie sie ihm aus der Kitteltasche lugten, wie sie herausspähten. Der er, Jugendflausen, Altersmucken, schüttere Haarkränze umrundend, drei Gesprächsfäden gleichzeitig zu verbinden vermochte miteinander, indes unter den Trockenhauben die Frauen auszuhalten hatten bis zur Sturmfestigkeit. Damals, kurz vor einer Gymnasialempfehlung immer noch auf den Kinderstuhl gesetzt, mußte sich einmal neben uns, ein Kopf wie glattgehobelt sodann, ein Einberufener seine langen Engelslokken absäbeln, den Nacken ausrasieren lassen. Stufenförmig, auf halber Streichholzlänge, das sollten wir sagen, und bekamen daraufhin diese Stapfeln ins Haar gestutzt. Altersmucken. Engelslocken. Aus wieviel Distanzen besteht eine Entfernung, aus wieviel Konvoluten ein Wort.

Dreieck

Schmalzgasse, so hieß damals in meinem Geburtsort eine Straße, und heißt noch immer so. Während draußen, am Ortsrand, auf dem Seegrund des Ammelesbrünnle, die Amme seufzt, die sich einst aus Liebeskummer ertränkte. Und dort, im Vogelkorb, da hat uns einmal ein Wäldchen gehört. Schmalzgasse, Ammelesbrünnle, Vogelkorb: wie einfach, mit drei klingenden Punkten in der Landschaft, ein magisches Dreieck entsteht.

Geleit

Schwankende Häuser, ein Gehen, über die Scherben eines Flaschenlagers, einer Brautentführung, wie auf ausgewechselte Türschlösser zu. Kalt die Münzen, die hinunterfielen, während du dich festhieltst am Hörer und deine Zunge sich verlupfte an einem Mädchennamen. Bis es nurmehr rauschte dann, ein Ozeantropfen in der Leitung, Mondstaub aus der Sprechmuschel wehte. Und im schleppenden Weggehen, entfernten Zurückschauens, die Telefonzelle dastand, unverrückbar: ein Lichtschacht in der Dunkelheit.

Piktogramm

Er lehnt an der Wand, bläst den Rauch zu dem kleinen geöffneten Fenster hinaus. Die Toilette ist sein Zufluchtsort. Eine Zigarette lang kann er so dem Betriebsablauf entwischen. Wie in einem toten Winkel steht er hier. Weitab von Lehrplan, Schalterstunden, Botengang. Wenn er sich auf die Zehen stellt, sieht er die Straßen als Leerzeilen. Und weit oben, wie am Himmel eines anderen Erdteils, die Sonne als Piktogramm. Wie lange braucht man, um mit einem abgebrochenen Sekundenzeiger einen Gitterstab durchzufeilen. Wieviele Krawatten muß man zusammenknoten, um sich von hier aus abzuseilen.

Additiv

Die Jahre, der Sammelhut, die Drachenschnur, das Füllgewicht, der Stuhlkreis, das Gefälle, die Anstecknadel, der Herbstflor, die Mehlschwitze und das Kerzenlicht: deinen Achseufzer davor und selbst eine wahllose Aufzählung wie diese wird Beschwörung, Litanei.

Die Bauwagenzeit

Die Atemhöhle unter der Bettdecke. Der mit Teppichen und Handtüchern als Beduinenzelt nach allen Seiten hin verhängte Stubentisch. Das Lager, der Verschlag, hinter der Bretterwand im Holzschopf. Die Strickleiter hinauf ins wild zusammengenagelte Baumhaus. Alles Vorstufen nur, bis man endlich alt genug war für ihn: den Bauwagen, von der Straßenbaufirma ausrangiert. Ungenehmigt abgestellt auf einer überlassenen Parzelle, auf der Baumwiese hinterm Ortsrand, wo die Reichweiten endeten. Abseits geteerter Feldwege, denen man ansah, daß noch kein Vagabund je auf ihnen gegangen war. Eine Festung vor der Überheblichkeit der Ferne. Domizil, in Eigenleistung ausgebaut, die Inneneinrichtung vom Sperrmüll zusammengetragen. Ohne Stromanschluß, dafür Musik aus einem rauschenden Kofferradio und ein Kanonenofen, auf dem Dosenravioli sich aufwärmen ließen. Statutenloser Verein, dessen Vereinszweck es war, keinen zu haben. Mofarocker, für die alles durch sechs teilbar schien. Ein Männerbund nach der ersten Milchbartrasur, im toten Winkel von Kasernentor und Klosterpforte. Woanders sollte man den Mund halten oder das Maul aufmachen, hier konnte man reden und fühlte sich, solang genug Bierkästen da waren, selbst im Sommer wie in einer Berghütte eingeschneit. Draußen feierte die Jahreszeit, ohne Pfarrer und ohne Gemeinde, ihren Feldgottesdienst. Die erste Freundin, die dann einer mitbringt, würde der Haarriß im Gefüge sein.

Fahneneid

Hinter ihm sprach einer davon, daß er beim Bund wenigstens den Lastwagenführerschein machen könne. Der vor ihm studierte das Merkblatt zur Offizierslaufbahn. Als er derart eingezwängt in der Wartereihe ausharrte, mit seinem Bartflaum, von Schweißgerüchen umgeben, bis auf die Unterhose ausgezogen, September 1980, in jenem dumpfen Gang des Kreiswehrersatzamtes Tübingen, hat die Aura eines Gedichtes ihn umfangen, beschützt. Günter Bruno Fuchs: Pennergesang, antiquarischer Fund, noch im Bleisatz, vom Lehrlingsgehalt gekauft. Auf der Seite mit dem *Fahneneid* steckte damals sein Musterungsbescheid als Lesezeichen. Eine Handvoll Worte nur, und doch schufen sie den Abstand zwischen ihm und diesem unwirklichen Geschehen. *Ich gelobe / nicht nachzugeben. Mein Vorbild / sind die Skelette von Ensor. Ihr Streit / um den toten Hering.* Wie alles zurückwich vor diesem Bannspruch. Wie entfernt alles klang im Nachhall dieser paar Worte. Wie wenig es brauchte, um alles zu sagen.

Vermisstenanzeige

Bei Zusammenkünften, den runden Geburtstagen, bei Klassentreffen, Jahrgangsfeiern. Wenn jedesmal wieder einer mehr aus der Runde fehlte. Gerade eben war er doch mit auf dem Gruppenbild, dann schob er schon am Rand der Landstraße sein verdurstendes Moped, hatte es nicht eilig heimzukommen, und kam nicht mehr heim. Selbst in einer Zweizimmerwohnung konnte man sich verlaufen, sich rettungslos verirren auf dem Weg vom Bett zum Tisch zum Fenster. Versumpfen und verschüttgehen in der letzten Dorfgaststätte am Ort, die bloß noch an einem einzigen Tag im Jahr geöffnet hatte, um so wenigstens die Schanklizenz zu behalten. All die Väter, die mit ihrer Sonntagsmüdigkeit nicht mehr zurückkehrten von einem Tagesausflug nach Tripsdrill. Oder doch nur kurz das angelassene Kellerlicht hatten ausmachen wollen, im Schüttelsturm einer Schneekugel verloren gingen, in der Ferne kleiner und kleiner wurden, bis sie im Punkt ihres Krawattenknotens verschwanden. Und jene, die schon als Kind für immer in diesem Foto erstarrten, auf dem sie, um sie nicht mehr loszulassen, krampfhaft die Hand der Mutter haltend fremdelten vor dem Mummelseegeist, der dastand in seinem Algenumhang. Und wir, wo sind wir selbst geblieben, die wir auf dem Trainingsplatz, der mit seinem oberen Tor an den abschüssigen, bis ins Neckartal abfallenden Wald angrenzte, bei den Direktabnahmen den Ball weit über den Fangzaun jagten und ihm hinterherrennend in die ungefähre Richtung, bevor er den dämmernden Abhang hinunterrollte und im Dickicht verschwand, im Unterholz, unterm Farn, selber verschluckt wurden vom Suchen.

II

Anfangshöhe

Anfangshöhe

Ein aufgelesener Apfel,
einer vom Erntedankaltar,
ein verschrumpelter aus dem Keller,

wenn du den Butzen
werfen kannst, hopfenleicht
an leeren Schwalbennestern vorbei,

aus dem Stand heraus:
über den Giebel eures Hauses,
über das Dach deiner Schule hinweg.

Bierlingen, Im Höfle

Regenwassertonnen, leeres Gähnen,
unterm Wehen aufgehängter Laken
schläft ein Nachtgespenst, der Hund
hat seinen Knochen wieder ausgegraben,
vorm Haus steht ein Altkleidersack,
die Tür, sie ist nur angelehnt,
und auf dem Spaltklotz
sitzt ein Vogel.

Winterabmachung

Ein gerissener Faden,
verknotet mit einem Glockenseil,
hinter der Sakristei,
wo wir gestanden sind,
verklingender Tag
mit stercher Wäsche auf den Leinen,
Tannenreisig zum Abdecken
und vereinzelt noch Äpfel,
schwarz und verhutzelt
im obersten Geäst
der Bäume im Pfarrgarten,
wo wir gestanden sind,
wo wir standen:
vor unsern in den Neuschnee
hineingebrunzten
Initialen.

Lichtrechnung

für Andrea Noll, 1961–2019

Kindheitsgewöll, gotzige Tage,
hingehauchte Löcher im Beschlagenen,
ganz deutlich das Verschwommene jetzt,
wie wir gelaufen kommen, uns selbst entgegen,
an defekten Außenleuchten der Wirtschaften vorbei,
mit Rotzglocken neben der Kandel daher,
durchs Dämmern vernehmend ein Großelternwort,
indem da herabscheint ein anderer Mond,
den nachher außer uns niemand sperren wird
in den letztgewesenen Saustall am Ort,
den rostigen Riegel davor.

Kindheitsgeschichte

Kopfunter hing,
von sechs Männern hochgehievt,
der vom Klee geblähte Leib der Kuh,
Katzen erschienen von überall her,
und vorbei an unserm starren Sehen,
eine erstwirkliche Prozession,
das Kommen und Gehen der Leute,
die mitnahmen, forttrugen,
das freigegebene Fleisch, das
dalag, mit Tüchern abgedeckt
vor dem Summen der Fliegen,
forttrugen, riesenhafte Stücke,
Stücke für einen Riesen,
von dem wir jetzt wußten,
daß es ihn gab.

Milchhäusle

Luftlücke, prägend im Ortsbild, aufgelöst
in ein begrüntes Nichts, Phantomgebäude
angegrauter Kinder, wie sie gehen, daran
vorbei mit leeren Händen, mit der Leere
in den Händen, nur im Ohr das Klappern
viel zu schwerer Kannen, ferner Ton
aus leisem Abgesang.

Scheunentor

Erleichtert aufgestoßen, wenn es
das Heu nicht verregnet hat auf dem Wagen,
eigentlicher Hauseingang,
stets unverschlossen:
das Scheunentor,

durch das ein Huhn mit abgehacktem Kopf
flügelschlagend lief in unsre Kinderträume,

grauer Hintergrund
der Kommunionsbilder,

da, am eingeschlagenen Nagel,
an den Hinterläufen aufgehängt,
bluteten die Stallhasen aus,

winters endeten im Schnee
Marderspuren vorm Katzenloch,

und sag, wie hieß noch einmal jenes Spiel,
bei dem ein Ball geworfen wurde an dies Tor,
dein Name dazu ausgerufen
und alle andern rannten weg.

Im Freien

Im Freien, hinter der Remise,
neben Krempel, Kruscht und anderem Gelump,
bis auf alle Räder ausgeschlachtet,
Raumkapsel, Wetterversteck und Blechoase,
richtungsverlassen, auf Holzrugeln aufgebockt,
Unkraut sproß unter der Motorhaube hervor,
im Kofferraum ein Blindschleichennest,
und auf den Rücksitzfedern Nachbarsmädchen,
die ausstiegen mitten im vollsten Karacho,
immer von woanders hin nach anderswo,
in das Blaustichige, auf den Horizont zu,
wie der hinterm nahen Felderstreifen
ein Längsschnitt war im Dunst der Scheibe,
nur Christophorus sah uns zu von seiner Plakette,
nur das Altern überholte uns.

Ikonisch

Unser Hinaufschauen,
nach einer Ministrantenprobe,

zu diesem Putzschauspiel
der Mesmersfrau, die oben

auf einer wackligen Malerleiter
die Heiligenscheine abrieb,

den Gloriolenstaub, die Falten
auswischte der Gipsgewänder,

den Schlangenkopf anhauchte,
einen Lichtreflex polierte.

Klingelputzen

Was war das,
aufgeschreckt,
plötzlich hörbar:

als Schrille im Hausgang,
vor der sich die Katze verkroch,

unten ums Gasseneck
ein paar Kinder wegrannten,
dem Verschwinden
hinterher,

ein angespitztes Streichholz
wie ein Stachel steckte
im Klingelknopf.

Zimmerarrest

Ichquarantäne, Zeigefingerrichtungen,
am Himmel aufgeflogene Lehrerhäkchen.

Von nahfern ziehen Schiedsrichterpfiffe
akustische Striche durch den Nachmittag.

Daliegen, an einen Nesthalm nur geklammert,
nichts werden wollen: die größte Ambition.

Das Zimmer paßt in ein Setzkastenfach,
im Sand der Sanduhr lebt ein Wüstenfloh.

Stiegenxylophon

Treppe zum Hausgang,
mit der Melodik der Stufen,
alles Zögerliche ließ
die knarrenden Töne
dunkler werden,
Ungeschehenes rückgängig machen
wollten die helleren,
schleppende Seufzertempi,
die Alltagsbühne hinunter
und wieder hinauf,
die Schrittupfer dementgegen
unseres Entschwindens,
klangfern das Dableiben,
ein Heimkommen ohne
fortgewesen zu sein.

III

Löschblatt

Löschblatt

Tafelflächen, viel zu schwarz
für jedes Schattenspiel,

Eselsohren lauschten
den geknickten Seiten
im Schönschreibheft,

die Schnittmenge waren wir
zwischen den Dummen und den Faulen,
Sitzenbleiber ließen abschreiben,
Stotterer sagten ein,

zwischen allen Linien hingen die Vauwörter
unserer ungelenken Kinderschrift
wie verlassene
Vogelnester.

Sommerfahrplan

Wenn es so drückend heiß ist,
der Schulbus fährt mit geöffneter Tür.

Mit runtergezogener Sonnenblende,
wie durch einen Lichttunnel.

Gähnende Haltestellen, denen
der Nachmittag verschwimmt.

Nachsitzen müssen, weil man
zu spät kommen wird zum Nachsitzen.

Weil auf den flimmernden Landstraßen
sich die Heuwägen nicht überholen lassen.

Ein verwehtes Büschel
ziert den Außenspiegel.

Brillenverordnung

Kahle Astversalien
am Fenster des Klassenzimmers.

Vor seiner Kurzsichtigkeit
erstreckt sich das Absehbare.

Durch solch ein Kassengestell gesehen,
sind die unerreichbaren Mädchen
noch unerreichbarer.

Ein angehender Jüngling
und die Tümpel seiner Augen.

Eisschicht oder Einsicht:
liest er von der Tafel ab.

Prüfungsaufgabe

Ein Rudel nasser Gartenstühle, auf den Anführer harrend.
Das Kind, das sein Zeugnisgeld aufs Sparbuch einzahlt.
Drei Spatzen, wie sie auf der Satellitenschüssel saßen.

Zieh deinen Schattenstrich darunter
und zähle zusammen.

Jahrgang

Wo das alte Schulhaus stand. Lehrer, die nach dem Krieg weiterhin in Reitstiefeln unterrichteten. Winters die Unterschiedsgrade zwischen eisig und bitterkalt. Mit Holzscheiten im Ranzen, entlang der zugefrorenen Kandel, vom Oberdorf herunterrutschend. Die heißen Kartoffeln in der Manteltasche, nachher mitsamt der Schale als Pausenvesper verzehrt. Vorne sitzt einer, der viel zu feine Hände hat für eine Metzgerlehre. Neben ihm der, auf dessen Fellmütze man neidisch war. Und ganz außen jener, der fiebrig hinüberblickt zum Schönheitsantlitz, das nicht alt genug werden wird, um zurückzulächeln. Ein Aufgerufener sagt gleich mit seinem schwäbischen Krummschnabel Heimatverse auf, immer scheint darin der Mond als gelber Routinier. Im Fenster zeichnen sich die knochigen Äste der Linde ab. Die Rechenfinger unter der Bank, sieben Nüsse, acht Kieselsteine, nichts oder nix: was zählt mehr.

Schon immer saßen wir ganz hinten

Bis bei uns etwas ankommt, ist die erste Reihe schon beim übernächsten Kapitel. Gemurmel kräuselt die Luftschicht. All die Hinterköpfe vor sich haben wie eine holprige Ebene. Überblick und Abstand, am nächsten zum Ausgang, mit der verwinkelten Aussicht nach draußen: erstarrte Brandung der Wolken, die Farbenrutsche eines Regenbogens, eine Baumdelegation. Erst von hier aus, auf diesen Stühlen herumgautschend, die anlehnende Wand im Rükken, kann fundiertes Nichtwissen sowie Sitzfleisch sich bilden, mißversteht man alles richtig und erkennt wortbeiläufig, daß im Reagenzglas Regenglanz schimmert. Klassenzimmer, Kundgebung, Kirchenbank. Pflöcke werden eingeschlagen, Stellschrauben nachgezogen. Die Frontale dreht sich um nach dem Zwischenrufer. Erörtert der zu leise Redner unser Zeitalter oder spricht er vom Alter der Zeit.

Schulbus

Wenn es vom dämpfigen Überfülltsein nicht gleich die Scheiben beschlug, konnten die Stummen hinausblicken auf Rapsfelder und Morgenrot. Lernstoff wurde hinter einem wiederholt, Vokabeln, daß Katzen Schleichjäger, Hunde Hetzjäger sind. Währenddessen andere, den Ranzen als Unterlage, nichtgemachte Hausaufgaben abschrieben, der kurvige Straßenverlauf, Bodenwellen und Schlaglöcher die Zeilen dabei ausformten zur ganz eigenen Schrift. Auf der Rückseite des Sitzes vor dir aber, eine Zeichenlandschaft, waren Hochseilstriche, Baumlettern, Namensherzen eingeritzt, steckte der Zeit ein Zahlenstrahl als Pfeil in der Brust, hatte irgendwer eine Zigarette ausgedrückt und ein Oberstufler es mit einem Gesicht eingekreist, daß das Brandloch erschien wie der offne Mund bei Munchs Schrei.

Zeilen

Kein Anbeginn, kein mißglückter Liebesbrief, bloß die Erstfassung eines Verlustgefühls, wie wir dasitzen, Damalsmitschrift, auf der treibenden Parkbank, um uns entziffert Frühling den Schnee, und zwischen unser beider Atem nur Millimeter noch, die paar nur, die wir zu versetzen bräuchten auf dieser Zeitachse im verrutschten Schulheft auf den Knien: und all das fänd sich hier, undurchdringlich, von Farnwald überwachsen.

Unentschuldigt fehlen

In dem Halbjahr zwischen versetzungsgefährdet und sitzenbleiben, als dir alles egal war. An der Bushaltestelle hing seit Wochen ein eingerissenes Zirkusplakat mit dem brennenden Reif der Erwartung. Hatte man wie du verschlafen, flogen darum die Nachtfalter in der Morgensonne, während der verpaßte Schulbus entschwand. Besser war es jetzt, bis zum Ortsausgang zu laufen, als Anhalter allein auf weiter Flur zu warten, und beim Warten das zurückgebliebene Luftloch zu sehen, genau da, wo eben noch der Bussard kreiste. Jede Viertelstunde würde hier, neben dem Kilometerstein, der heut so schweigsam dastand, ein Auto vorbeifahren und jedes dritte würde halten. Es sollte der ghanaische Vikar sein, der dein Gesicht von einem Jugendgottesdienst her kannte und dich von der Seite zu durchschauen schien. Das Getriebe seines Käfers knirschte beim Gangschalten, als würde ein Steinchen in einer Gebetsmühle vermahlen. Damit er nicht anfing nachzufragen, was los sei mit dir, wiesest du ihn hin auf die alten, in den Hang hineingebauten Eiskeller der Brauereien, die allesamt im vorigen Jahrhundert hatten aufgeben müssen. Zwei Ortschaften weiter ließ er dich beim Pfarrhaus aussteigen. Dann kurbelte ein Automatenbefüller, der auf seiner Tagestour Tabakwaren und Handtuchrollen ausfuhr, seine Scheibe herunter und wollte nicht einmal wissen, wohin du wolltest. Je mehr er redete beim Fahren, umso langsamer fuhr sein Kastenwagen. An einer Landstraße hielt er für seine erste Kaffeepause vor dem Waldparkplatz. Weil du jetzt Glück brauchtest, bremste gleich darauf eine Arzthelferin, die es als Fahranfängerin eilig hatte, mit noch nassen Haaren, fünf Jahre zu alt für dich, am Steuer ihrer Ente saß und das Wageninnere ausräucherte, daß deine Klassenlehrerin nachher sowieso und sofort den Zigarettenrauch in deinen Kleidern hätte riechen können.

Spickzettel

Als es schon galt, die Fülle und den Stoff zu bändigen. Als, was man wissen mußte, sich noch einfach destillieren ließ: zu Formeln, Jahreszahlen, Gliederungen, ein paar Vokabeln. Das Wichtigste gegen das Wesentliche, notiert auf einem kleinen abgerissenen Fetzen Papier, der zur Not auch verschluckt werden konnte vor dem Zugriff des Lehrers. Aber in einer solch winzigen Schrift verfaßt, daß sie, fast kryptisch, für einen selbst nicht mehr zu entziffern war. Man stattdessen also unertappt zum Fenster hinausschaute, hinausspikkelte auf den verschneiten Schulhof, von dem sich alles abschreiben ließ. Und man so vielleicht noch wüßte, vor diesem unlinierten weißen Hintergrund, Länge mal Breite mal Höhe: wie lang es her ist, daß jemand das Wort darben sagte, wie breit der Fluß für uns Nichtschwimmer war, wie hoch die hohe, längst vergessene Niederlage. Auch das ergibt jetzt einen Rauminhalt.

Nachhilfestunde

Fünfzig Erbsen sind das und ein paar zerquetschte. Das Augenblicksvolumen. Die Hälfte vom Doppelten. Das Minuszeichen eines Gedankenstriches. Der Mittelwert zwischen blutjung und steinalt. Nach dem Winkelgrad wird gefragt, in dem ein ramponierter Lederball vom Innenpfosten zurückspringt ins Feld. Ein Monatslohn entspricht einem Stoßstangenkratzer. Die Hauptgewinnwahrscheinlichkeit als Götterjux. Ich und Du und Du und Ich, wir beide sind demnach bereits vier. Und soviel wäre, Fabrikschlote durch Storchenkolonien, abgeleitet ein Quadratmillimeter an Heimat wert, auf dem ein einzelner Halm erwächst. Die Anzahl der Putzstellen deiner Mutter sollst du als Divisor einsetzen. Wie lange man benötigt, um dies wieder zu verlernen, ergibt den Zeitfaktor.

Erlebnisaufsatz

In den Scherenschnitt der Dämmerung fügen sich die Bäume ein. Im Mondlicht nähen die Grillen am Saum der Nacht. Ein wenig schwebt der Geruch leicht angekohlten Stockbrotes in der Luft. Nach den Ferien wird der Junge, mit einer Dreiminus im Erlebnisaufsatz, Flugzeugblinken zur Sternschnuppe verklären und die Leuchtfiguren seines Taschenlampenstrahls im Geäst nachzeichnen. Mitten in der Pampa des eigenen Gartens. Im Stimmkreis seines Vaters, der darauf kommt, daß um ein paar verfallene Verwandschaftsecken einmal ein Schrankenwärter existierte, der davor lange Jahre Schiffskoch war. Das tagsüber aufgespannte Sonnensegel, wie die beiden darunter schließlich nebeneinander eindunkeln. Sich im Schlafsack verpuppen. Einschlafen. Eingeschlafen sind.

IV

Die aufgehängten Trikots

Für die nicht mehr ganz kleinen Jungen ist
der Fußballplatz der erste Ort der Sozialisation.
Hier entscheidet sich alles zum allerersten Mal,
und das, was sich später abspielt,
geschieht im Zusammenhang damit,
für oder gegen den Zusammenhang.

ENDRE KUKORELLY

Herbstnachmittage

Wiesenkicker, Regenwolken,
hinter den letzten Häusern,
fünf Schrittlängen die Tore,
mit Ästen abgesteckt,
alle tragen Schlamperhosen,
die beiden Jüngsten
dürfen wählen, es gilt:
ein Dicker und ein Brillenträger
für einen Guten, zu wem
hast du gezählt.

Die aufgehängten Trikots

Schlapp und ergeben,
mit den viel zu langen Ärmeln,
Zahlenspiel einer Zufallsaufstellung,
mit der wir vielleicht gewonnen hätten,
vertropften im Garten einer Mutter
all unsere Rückennummern.

Parade

Mit jedem Mal,
wenn er sich streckte
nach den Unhaltbaren,
wuchs er um ein Winzigstel.

Von Anbeginn,
Spitzname Fliegenfänger,
ein Staturstrich zwischen zwei Pfosten,
sich in den Kasten getraut.

Im Grunde der Torwarthandschuhe wegen:
weil seine Hände als Pranken erschienen,
man die abgekauten Fingernägel
so nicht mehr sah.

Fußballbildchen sammeln

Nah, das Abstrakte
an Schlammspritzern,
und wie sie gegenständlich werden
auf dem Trikot des Schönwetterspielers.

Immer kickt einer
nachmittags auf dem Bolzplatz
unter lauter Stollenschuhen
in Sandalen mit.

Antritt

Auf und ab, der Junge im verschwitzten Trikot,
eng am schwächeren Fuß den Ball, im Laufduell
mit Schattengegnern, den leeren Raum umspielend:
wie weit der Platz wird durch sein einsames Üben,
wie verloren er wirkt allein auf dem weiten Platz.

Strafraum, Rehe

Wie still es war,
ganz am Anfang, als noch
kein Fangnetz stand,
kein Vereinsheim, das angrenzte,
der Platz nicht geflutet lag
im gleißenden Licht,
wie es still war,
die Idylle noch keine Idylle,
wochentags, wenn aus der Dämmerung,
wie aus ihrem eigenen Inbild,
hervortraten: Rehe,
die ästen im Strafraum,
daß Wind zu wehen
vergaß.

Mannschaftsbild

Festschriften, darin erscheinen
lächelnd, ausgemusterte Darsteller
einer unbekannten Passionsgeschichte,
sie, die Pioniere des Vereins:
immer vor ein paar Hanseln der Anstoß,
noch dreißig Jahre und einen Weltkrieg
vom ersten Aufstieg entfernt,
sie, mit ihren Steckenfüßen,
ihren eingebundenen Wackelknien,
immer gegen die gleichen Gegner,
umdribbelnd auf dem Spielfeldacker
sich selbst, die Maulwurfshügel
und die tiefen Löcher.

Verlassener Sportplatz

Das war eine andere Zeit,
in einem anderen Leben,
als von keiner Glücksfee ausgelost,
bei unterklassigen Zitterpartien
einer immer da sein mußte,
der gegen das Gefluche von Abwehrrecken
sein Stottern vergaß,
eine Fahne aufhob,
mit ihr in Richtungen zeigte,
und an einer schwankenden Auslinie entlang
in seiner Schmächtigkeit
auf und ab ging,
bis seine Sonntagsschuhe
weißbestäubt waren
vom Kalk.

Gedenkminute

So scheinbar und leicht
ein Augenblick sich anhalten läßt,

für den Flor einer Umdrehung
alles in der Schwebe ist,

allein durch das Verharrende
der paar Zuschauer am Rand,

die eben noch gestikuliert haben
in den Augenwinkeln des Jungen,

der gebannt die reglosen Spieler sieht,
wahllos, über die Platzweite hin,

wo ein jeder nur noch einen Erdfleck hat,
um darauf zu stehen.

Der Innenverteidiger meiner Lächerlichkeit

Ohne Schienbeinschützer,
mit runtergerollten Stutzen,
hängenden Schultern,
aufgeschürftem Knie,
steht in mir stumm
ein schmächtiges Kerlchen,
das es gleich umpusten wird,
zwischen krummgestreuten Linien,
vierzig Meter vorm Gehäuse,
wie in einer Denkmalspose,
als Einmannmauer da.

V

Der gewesene Tag

Kaltstart

Morgensoiree, schattige Wachablösung,
läuft heimkehrend ein Nachtschwärmer
vorbei am gähnenden Zeitungsausträger.

Das karge Nicken,
mit dem sie sich grüßen,
setzt das Tagesgetriebe ingang.

Morgenandacht

Ein kalter Rauch
hängt überm Tisch.
Der Rest vom Brot
ist hartgeworden.
Der Inselumriß
eines Rotweinflecks.
Und Hausspinnen,
die sitzenbleiben.
Auf dem Grund der
leeren Gläser.

Fürs Tonarchiv

Geräuschspur unter deinem gekippten Fenster,
ein Klangstrich, der die Morgenstille halbiert,
zieht irgendwer einen Rollkoffer hinter sich her,
trennt die Naht auf zwischen Nacht und Frühe,
stanzt über Unebenheiten, zieht hinter sich
eine leiserwerdende Furche in sein Gehen.

Irrläufer

Werter Freund,
die Adventskränze nadeln bereits
und die Zeit tut so als verginge sie
vom Abreißen der Kalenderblätter,
das Kind sticht Luftlöcher in einen Schuhkarton,
die Meinen sagen: bleib so wie du gerne wärst,
und leichthin unterschriebene Kaufverträge
kommen allmählich Geständnissen gleich,
es hapert nur an allen Ecken und Endlosigkeiten,
was man einsehen soll, hört sich so ausleuchtend an,
und für ein Leben als Einsiedler, da müßte
unsereiner in die allernächste Weltstadt ziehen,
nur ein grobes Flickwerk aus Momenten
die seitherigen Wochen, nur ein paar Zeilen
wie falschabgeschrieben von der Wirklichkeit,
und vorm Fenster zählt nun Abendwind schon wieder
die niedergelegenen Grashalme nach,
das Sein ist also an das Dasein angepflockt
und was wir haben nur abgezwackt
von dem, was uns noch immer fehlt,
bis dannmals, baldhin, dadorthier: Ich
verbleib derweil im Gehen, mich einreihend
in den Blindensturz (Bruegel, 1569) überm Schreibtisch,
lege dem Letzten meine Hand auf die Schulter
und blicke zuversichtlich
in Richtung Ferne.

Arbeitsnachweis

Einen langen Sommer lang,
ohne Schönwettergeld,
mit vom Zuhören leergepfropftem Kopf,
tut der Handlanger,
was man ihm sagt,
schlägt Löcher in den Wandverputz,
bis er auf Schilfrohr stößt,
dem Wind und Ufer fehlt,
rührt Fliegen in die Spachtelmasse,
zertrümmert Funken mit dem Hammer,
sieht, wie ein Hudler
vom Griff der Schraubzwing
einen Falter jagt,
und durch den abgeschliffenen Fensterrahmen
fortwärts wandelnde Gestalten,
vom Gipsstaub auf den Brillengläsern
in einem grauen Licht,
die Luftblase
der apportierten Wasserwaage
reichte kaum für einen halben Atemzug,
erst wenn die ersten Schatten
verkanten in den kahlen Räumen,
feiert sich der Abend,
und weißgestrichen aufgelöst
in einer rauhfasrigen Fläche:
der gewesene Tag.

Fingerübung

Ein vom Baum gefallenes Blatt, es
vorzeigen wie eine Eintrittskarte,
wie einen Mitgliedsausweis,
wie einen Fahrschein.

Pendlerstrecke

Tagzeitlose Augenschwere,
Kahlschlag einer Stirn.

Der Schaffner kontrolliert
vorbei an ihnen, weckt sie nicht.

Offnen Mundes geht das Atmen
über in ein Schnaufen.

Amulett

Weil es
mehr ein Losstapfen
als ein Aufbrechen sein wird,
Atemwolken, Feuerwerksreste,
der zugefrorene Brunnen
im Morgenlicht glänzt.

Erwähnenswertes

Mit deiner Fernglaslupe
sahst du nach dem Platzkonzert

bei den abgestellten Instrumenten,
deren Glänzen reflektiert: den Käfer,

wie er verharrt am Trichterrand der Tuba
und dann im Schlund verschwindet,

zum Gipfelpunkt der Tiefe,
als hätte er eine Mission.

Fenstervignette

Ein Eiszapfen
träufelt Augentropfen
in das Starren der Tonne.

Schnipsel

Den Apfel vergleichen mit einem Weltentwurf.
Eines Astwerks Krakelschrift entziffern.
Die Windböe hat eine Mähne.

Im Schrittempo

Untertourig laufend, künftigen
Ahnenforschern hinterher, im Hü und Hott
der Tage, Gelassenheit ein Vorsprung,
ein herausgetrotteter, die Wetterhähne
drehen sich im Kreis und Sturmholzstapel
liegen noch vom Vorjahr da, am leeren
Himmel ein Kondensstreif, langgezogen,
wie für eine Blankounterschrift.

Weitwinkel

Solch ein taubstummer,
in die Erde geschlagener Pfosten,

mit einem zerfaserten Strick daran,
an dem nichts angebunden ist,

von einem Lüftchen umweht,
das Wind sein möchte.

Stunde

Der Nachtfalter
besetzt den Buckel
des Bleistiftspitzers.

Auf dem abgerissenen Kalenderblatt:
sich selbst den Tag quittieren.

Thekenhocker, Dreierrunde

für Horst Köhler und Werner Pomorin

Säßen wir jetzt, weit nach Mitternacht,
alle sind endlich gegangen, anstatt hier
am sonnigen Ufer eines Sees, so starrte
einer von uns auf die gleitenden Schwäne,
einer auf die Unbegehbarkeit des Wassers,
einer auf das Segelboot, das sich entfernt.

Nachtgeist

Zusammengerottete Häuser,
ein struppiger Wind.

In die Nacht hineinmurmeln
wie in ein Diktiergerät.

Zwischen abgestellten Autos
quert ein Marder das Lautlose.

Der entfernte Lichtstreif,
eine aufgetrennte Naht.

Beim Heimkommen

Das Gardemaß,
das Gartenzwerge haben,
sobald ein Bewegungsmelder angeht.

Dahinter,
als seien sie postiert,
als verlangten sie Wegezoll,
macht die Katze einen weiten Bogen
um die schwarzen Gummistiefel,
die vor deiner Haustür stehen.

In deren Blickfeld:
das Schlüsselversteck
unter dem Blumenkübel.

VI

Historienhauch

Injektion

Mach die Augen zu.
Es dauert nicht lang.
Es ist bald vorbei.
Sei still, all die Fragen sind jetzt
um eine Kindheit lang zu spät beantwortet.
Dein Dazugehören hat nur
das Vorgetäuschte der anderen
nachgeahmt.
Bleib ruhig.
Spürst du schon die Wärme,
das Schwelende in deinen Venen,
das weiße Licht, wie es
die Lücken durchdringt.
Hab keine Angst vor der Angst,
die sonst zur Furcht erwächst.
Sobald man verleugnet, was wehtut,
läßt der Schmerz nach.
Hier, wenn du Durst hast,
trink einen Schluck von diesem Wasser,
in dem irgendein Pilatus sich die Hände wusch.
Es ist gleich vorbei.
Die Träume, sie werden
wie ein Löschblatt alles aufsaugen.
Alles wird gut, wird gut.
Aufwachen wirst du und dich
beim Anblick einer Brotrinde
an nichts erinnern können.
Es dauert nicht lang.
Mach die Augen zu.

Befragung

Schaffst du in einem Steinbruch oder hängst du in einer Sprossenwand. Was tust du, wenn du nichts tust. Wieviel Fehlversuche hast du noch. Fiel dir aus dem Stehgreif eine Geschichte ein, die sich dreht um die Schimmelschicht auf dem Gselz. Erschien es dir als Kind finster, zappenduster oder kuhnacht. Was konntest du dir hiervon am ehesten merken: klangvolle Gesichter, runde Namen, faltige Jahreszahlen. Welche Komplementärfarbe mischten deine Lehrer ins Korrekturrot. Und welchen Farbhauch nimmt deine Stimme an, wenn du mit dir selber sprichst. Könntest du inzwischen beurteilen, ob es vorzüglich oder vortrefflich war. Skizzieren, worauf es ankommt, wenn es darauf ankommt. Wolltest du etwas werden dereinst oder etwas erreichen. Etwas erreichen oder etwas bewirken. Deine Vorfahren, woran erkannten sie die Hebamme unter den Klageweibern. Fohlen, Kätzchen, Welpen, Lämmer: wen würde dein alleingelassenes Mädchen zuerst gestreichelt haben. Als aus dem Erlebten dann Erfahrung wurde, war es an einer Stelle oder ist es zu einem Zeitpunkt gewesen. Vertraust du letztendlich deinem Gefühl oder mehr deinem Gespür. Was findest du schöner: die Säule oder den Fels.

Zeitloch

Du mußt nur die richtige Stelle finden, dann wird dich ein Misthaufen auffangen, ein Strohdach, ein Katafalk oder der Erdhügel eines Keltengrabes. Die Dauer eines Fingerschnippens genügt, bis wieder Fleisch hinwächst an die Knochenfunde, die unter den freigelegten Fundamenten unserer Kirche lagen. Schließt du die Augen zu lang, könnte es sein, daß du unsanft landest am Rand eines Schlachtgetümmels, in der Feuerstelle einer Höhle oder auf den Steinen einer Schlangengrube. Du mußt höllisch aufpassen, daß du dich nirgends ansteckst mit der Pest, und daß du nirgends verwechselt wirst. Bring irgendetwas mit, damit du dir hinterher glaubst: eine Rabenfeder vom Galgenberg, einen Bundschuhriemen vom verlorenen Haufen, oder eine Seite aus dem Armenverzeichnis eines abgebrannten Pfarrarchivs.

Flugschrift

Hinunterzusehen
vom Schurkenturm aus
auf die Reste der Stadtmauern,
Horb, wo du geboren wurdest
um 1490, wohin
kein Ratsprotokoll zurückreicht,
dein Weg, von hier nach Baltringen,
jeder Hügel ein Kalvarienberg,
du, vom Kürschnergesellen
zum Feldschreiber des Bauernhaufens,
dagestanden sind sie
mit ihren liederlichen Sensen,
vor Böblingen, jener Maitag,
als der rote Hahn ersoff in ihrem Blut
und erbärmlich ein Gott sich abwandte,
weil er sie nicht umdrehen konnte,
die Spieße,
item, Lotzer.

Wegzoll entrichten

Frühmorgens schon geweckt werden durch die Schalmeienklänge, von denen die Bußgassenkatzen in Panik geraten. Die Stadt spielt ihr alljährliches Mittelalter, stellt sich hin als Kulisse ihrer selbst. Und ich bin der Leibeigene meines Lebensstandards, bin meiner Ansprüche Lakai, entgegne ich einem Gewandeten, der Wegzoll von mir verlangt. Von der Sommerhalde aus ergießt sich die Masse wie aufgequollener Haferschleim. Trommelschläge und Fanfarenstöße dringen vom Turnierplatz, vom Heereslager herauf. Auf der ausgestreckten Hand des Falkners lasse ich einen Buchfinken landen. Bloß dieser eine Strich zu viel also und es wird Karikatur. Bettelmönche mit Wohlstandsbäuchen, Gaukler und Scharlatane, die am Montag wieder hinterm Bankschalter stehen, in ihren Amtsstuben sitzen. Vielleicht haben sie allesamt nur einen Brotkanten verschlungen, in dem Mutterkorn verbacken war, oder zuviel Johanniskraut abbekommen. Aber warum eigentlich suchen wir immer das verkehrte Leben im falschen und geben uns freiwillig als Statisten her. Wohin des Weges, hatte der Gewandete gefragt. Zum Dorthin, wo Lotzer sich verkrochen hat, murmelte mein Mißmut in mich hinein. An der Spitze des Zuges, nur einige Ahnengrade von dieser Geschichtsfasnet entfernt, sah ich all die martialischen Landsknechte, wie sie herumliefen mit unseren Gesichtern.

Flutmarke (Horb, 23. Juli 1584)

Das bevorstehende Weltende hatte sich in den Chroniken Jahrzehnte zuvor schon angekündigt. Mit ausgebliebenen Sommern, in deren Junimonaten Eiszapfen an den Reben hingen. Mit verhagelten Ernten und den toten Fischen eines ausgetrockneten Neckars. Und dieser irren Maienkönigin, die anno 1537 dem Dezember zulächelte, so daß weihnachtliche Veilchen auf den Wiesen erblühten. Matthäi am Letzten dann, heulend und zähneklappernd, wie der Himmel sich an besagtem Julitag schwärzte, die Fahnen am Mast zerrten, sich losreißen wollten von ihrem Gehißtsein, die Wolken schließlich auseinanderbrachen. Die Wassermassen des Grabenbaches, Baumstämme flößend, nahmen allda Gesteinsbrocken und Uferfelsen auf, stauten sich vor den geschlossenen Stadttoren, bis die Mauer nachgab, ein Schwall das Torwärterhäuschen hinwegschwemmte. Die Fluten, wie ein gewaltiger Meißel, stürzten die Friedhofsmauern, spülten die Toten aus ihren Gräbern. Neben der Brunnenfigur, seit jeher auf den Himmelsrand deutend, und einer Kindbetterin, die man erst kurz zuvor begraben hatte, riß die Strömung in der Unterstadt eines greisen Mannes Leichnam bis nach Lustnau mit. Sechs gänzlich verschwundene Häuser, dreißig verwüstete. Alle Stege und Brücken weggerissen. Acht Gewappnete, deren Schandtaten auf Ruhmesblättern standen, samt ihren Pferden ersoffen. Rösser, Kühe, Kälber, Gänse, Hühner, Schweine: in welcher Zahl kann niemand wissen. In den Stallungen des Spitals überlebten allein ein blinder alter Rappe und eine große rotblessende Kuh, die sich selbst die Stiegen hinauf salviert hatten. Die auf den Kirchenhügel geflüchtet waren, sahen in den Abgrund dieses Tages hinein wie in ein tosendes Gottesgähnen. Gingen am nächsten Morgen wehklagend durch die Gassen und Straßen, welche bedeckt waren von Kot, Schlamm, Gestein, Gebälk und dem Holzwerk zertrümmerter Sünderbänkchen.

Aus dem finsteren Kapitel

Würfelaugen, Käuzchenrufe, vergrabene Hostien. Knapp fünf Monate zwischen erstem Verhör und dem Exekutiervermerk: Enthauptet mit anschließender Verbrennung. Als Schadenszauber, von einer Pfründnerin unter der Folter zugegeben: ein Kalb, ein scheckiges Ross und eine Kosel durch Anblasen krankgemacht. Und beim Hexensabbat dabei gewesen, steht da protokolliert im Schriftstück der Befragungspein, als Notdurft in einen Topf verrichtet wurde und diese dann gen Osten verschüttet, daraufhin von dort das große Unwetter aufzog, welches Häuser und Scheunen wegschwemmte. Ihr Buhlteufel habe sich Greßlin genannt, eine feine bartlose Gestalt mit hohem Hut und schwarzer Feder. Kalter Natur sei er gewesen und habe ihr etwas Dunkles in die Hand gegeben, groß wie eine Haselnuss, und Geld. Als sie selbiges später ausgeben wollte, seien es Hafenscherben geworden. Beim ersten Treffen mit ihm habe es Einuhr geschlagen. Ein nebensächlicher Aspekt, betont der Lokalhistoriker jetzt und blickt über seinen Brillenrand auf vom Manuskript, aber ein Hinweis, daß es bereits im Jahre 1587 offenbar eine Turmuhr gab in unserem Ort.

Wolfsblick

(Stuttgart, Naturkundemuseum, Schloß Rosenstein)

Als wären die Fangeisen noch aufgestellt,
in die er nicht getappt ist, weggeschmolzen
die Eiszotteln an seinem Fell, kümmerliche
Fettreserven, wie ausgestopft mit Moos:
der Letzte seiner Art aus Württemberg,
erlegt durch einen Waldschütz aus Eibensbach,
der namentlich erwähnt ist (eine Marginalie
auf der ersten Zeitungsseite vom 12.3.1847),
fünfzig gerissene Schafe, säumend den Rand
der verlorenen Fährte, die hier endet,
in dieser grimmigen Wärme, wo er dasteht
mit geschliffner Starrheit seiner Glasaugen
und auf immer erwartet
den hallenden Schuß.

Theodor Schüz: Mittagsgebet bei der Ernte, 1861

(Staatsgalerie Stuttgart)

Der Kirchturm der nahen Ortschaft hält den Mittag im Lot. Ein paar Tage verbleiben bis zur Sichelhenke. Keine Schwalbe in Sicht, die tief fliegt. Die Barfußgehenden brauchen keinen Dorn zu fürchten. Heut wird sich nichts verfinstern, wird kein Gottesnerv aufblitzen am Himmel. Wird kein Schatten, der paar Körner wegen, die Krähen verscheuchen. Schiefe Zeiger, stützen Stangen die prasselndvollen Äste des Apfelbaumes, der seinerzeit am Vorabend eines Weltunterganges gepflanzt, jetzo in seinem Ornat fast die ganze Ferne verdeckt. Das bravste oder fleißigste der Geschwister darf vorbeten und streitet nachher wegen dem Brotanschnitt. Einzig das grübelnde Alter vergißt die Hände zu falten. Woher des Wegs, wohin des Wegs, stehen wir in der Museumskühle vor diesem Bild. Als wollten wir uns nach einer Richtung erkundigen, nach dem nächstgelegensten Jahrhundert, und warteten mit dem Ansprechen, bis die Familie fertig ist in ihrem Mittagsgebet. Zwischen Auferlegen und Hinwegnehmen glimmen ein paar Kornblumentupfer. Die Sanftmut ruht als Lämmchen neben dem Markstein. Ein hingestellter Sackkarren möchte benannt werden. Das Licht ist ein Exeget.

Wirtshausszene, 1865

(Caspar Kaltenmoser, Stadtmuseum Horb)

Die Arbeit ist getan. Die Arbeit kann warten. Deshalb laßt den Schläfer am Stammtischrand in Ruhe, zupft ihn nicht am Ärmel. Auch wenn da zwei schräge Wandervögel eintreten in die Wirtsstube, in diesen Dämmerschoppen, ohne anzuklopfen, und um Unterkunft ersuchen oder zu einer Thusnelda sich erkundigen. Ihrem Aussehen nach haben sie sich in der Historie verlaufen. Sollten es Tagediebe sein, werden sie morgen ein Kalenderblatt vorzeigen und ihren Jahrhundertanteil verlangen.

Flößerbursche

(Caspar Kaltenmoser, Stadtmuseum Horb)

Die wackligen Stuhlbeine halten ihn aus. Die Tischkante verschwimmt schon. Lebenslinien, am feinsten nachgefahren mit Bleistiftstrichen. Von den Gulden, die er fürs Modellsitzen erhält, kann er vielleicht den Rest seiner Saufschulden begleichen. Beichte oder Bericht, damit er nichts sagen muß, nimmt er die ganze Zeit die Pfeife nicht aus dem Mund und schaut woandershin. Nimmt die Mütze nicht ab, weil er eh gleich geht. Wie alles davontreibt, Stämme auf dem Wasser. Wie eine Wand, lang genug angestarrt, durchsichtig wird.

Stadtführung, Karzerstimme

Geröllhusten und ein gelblicher Zungenbelag. Das Stroh in den Ekken seit drei Tagen nicht ausgewechselt. Bei Brot und Wasser. Und von den Kommilitonen vergessen, die unter schattigen Korkeichen rasten werden oder neben einer Trockenmauer im Weinberg, wo Lerchen ihr Tedeum singen. Draußen geht ein Scherenschleifer durch die Münzgasse, derweil einer aus der Jurisprudenz die Geschichte erzählt von einem Totengräber, der sich an Frauenleichen verging. Das Fegefeuer auf der Deckenzeichnung, wenn es wenigstens wärmen würde. Alles Bedeutungssture braucht einen Sockel für seinen Habitus, darauf haben sich der Mystiker und der Sektierer in meinem Innern geeinigt. Sobald es dann nichts mehr zu sagen gibt, traut eine Maus sich hervor und nagt den einzigen Sonnenstrahl ab, der hereinfällt durch das vergitterte Fenster.

Antiquität

Durchgang, Durchreiche: in das Zimmer des Zimmers. Ein Ankleidespiegel, achtzehntes Jahrhundert. Auf und ab das Gehen vor ihm, ein flügellahmes Schreiten. Daß der Raum sich weitet, das Parkett zur knarrenden Ebene wird. Ohne Zofe, endlich allein, den Augenaufschlag einüben, die Marmorpose, den Filigrangestus. Die Tiefe des Ausschnitts führt zum Geheimfach in der Brust. Das aufgetragene Rouge, ein blutleeres Rot. Und hinter des Lächelns dünnster Stelle scheuert sich Erwartung an einer Angst. Still, bei zugezogenen Vorhängen, auf einer Seufzerbrücke, neben umgestürzten Siegessäulen, da gleich an die Tür geklopft wird.

Schießscharte

Ein felsiger Abhang, dahinter weit die von Feldern schraffierte Landschaft im Tal. Ein Kind, stand man heraufschauend dort unten und hat sich so klein gefühlt, wie man schon nicht mehr war. Was seitdem verging, ist ein Belagerungsring. Keine Harnische, vom Wehrgang aus erglänzt die Sonne nur auf dem Blech der Besucherautos im Vorhof. Im Himmelsausschnitt, Reichweite einer Armbrust, eine einzelne Krähe, wie einem Feindeswappen entflogen. Als unscheinbarer Punkt erst noch in der Ferne: die Eilboten, deren Zuspätkommen die Botschaft ist, die sie überbringen.

Die Lumpenkapelle

Die geblieben sind, waren nicht unglücklich genug: vielleicht wurde mit solch einer Auswandererbriefzeile begonnen, dies Schachtelarchiv angelegt. Darin sich dann immer wieder einer findet, dastehend am Rand, in einem schwarzen Anzug, dem man ansieht, daß der ausgeliehen ist, in dem er steckt bis zum Hals. Graustichige Inkubationszeit von drei Generationen. Lauter Altersgenossen aus dem vorigen Jahrhundert. Ungelochte Himmelfahrt retour. So, als ließe sich kein Leben hineinzwängen zwischen zwei eingemeißelte Jahreszahlen. Als sei das Ende womöglich nur ein Spiegel, in dem sich der Anfang betrachtet. Und als mache man sich vielleicht, mit solchen Sätzen, zum Gespött der Toten, die einen lachend ansehen, ein schallender Halbkreis, Fasching 1931, bevor sie der verbeulten Blechtrompete ihrer Lumpenkapelle einen Jerichoklang entlocken.

Ein hingelegter Stein

Ich weiß nicht mehr, aus welchem Schmerz ich entstanden bin. Ich lag am Rand eurer Wege. Die Vögel haben ihre Schnäbel an mir gewetzt. Ich erinnre mich, einem kleinen Jungen verholfen zu haben zum Sieg über einen Riesen. Mein Schweigen verzeiht es nicht, daß ich geworfen wurde auf Ehebrecherinnen und in Synagogenfenster. Die Zeit mißt sich mit mir. Mein Los ist es, alles zu überdauern. Nehmt mich zum Bau einer Klagemauer und ich werde euch anhören.

Oberflächenfund

Korn, das auf Mauern wächst, reife schneller und zeichne so den Gebäudegrundriß ins Feld. Erklärt der Hilfsausgräber, ein Luftbild in der Hand. Berechnet grob, über die Höhenzüge hinweg, mit der Tagesmarschleistung römischer Legionäre, die Entfernung zum nächsten Kastell, das nachgewiesen sei durch den Legionsstempel auf einem Ziegel. Das Mauerfundament, das er gerade freilegt, könnte ein einfaches Wirtschaftsgebäude sein oder der Eckturm einer Villa Rustica. In der Schachtel zu seinen Füßen: Halsränder, Amphorenhenkel, eine Lanzenspitze, kammstrich-verzierte Keramik. Das maßlos Winzige ist eine Vergleichsgröße. Jede Scherbe als Scherbe vollkommen.

VII

Vedute

und ein Vogel der vor mir wegfliegt
wird nur in meinen Augen kleiner

HANS WERTHMÜLLER

Ton

Es sehen,
was nicht hörbar ist,
Nachhall des Nachhalls
vom Zusammenläuten, das einst
nur zu vernehmen war als Gebimmel
im Weitab dieses Wiesengrundstückes
und seines ächzenden Schuppens,
der ohne Genehmigung hingestellt wurde
und ohne Genehmigung zerfällt,
Grundakkord einer Abendstimmung,
die sich da verkünstelt
mit der Bachstelze
auf dem Rücken
eines Schafs.

Vedute

Am Wegrand, Anhaltspunkt zwischen Sommerresidenz und Winterquartier, in seiner Kargheit dieser krumme Zwetschgenbaum, blattloser Solitär, daran du vorbeigehst, als gingest du, gingest auf der Hochebene deines Empfindens, damit er im Zurückschauen dann für sich dasteht, im Landschaftsausschnitt, bloßen Augs noch gut erkennbar, mit seinen dürren Strichen, unterm graugepflügten Himmel, Alleinsein präzisierend, ein kahles Signum im durchsichtigen Wind.

Mäandern

Als ob es das noch gäbe und wie es das noch gibt, Richtung Weiher, Waldrandnähe, Sonnenaufgang gegen Frühstücksfernsehen, wenn ein Tautropfen ins Randvolle fällt, der Buntspecht, Nachhall aus dem alten Heimatkundebuch, ans Totholz klopft, und Rabenkrähen einen nun erfassten Mäusebussard verjagen, der weiterfliegt, durch den Windatlas, bis unter ihm, die Gegend abgedeckt von ihren Flächen, der Tiefenschärfe schon ein kleiner Vermessungspflock genügt, der die Wiesen am anderen Ortsrand einschüchtert, dahinter ferne Landschaftsalchemie früheres Krautland umgewandelt hat in eine Golfplatzschneise, zu der das angrenzende Maisfeld gelb hinüberlugt, woraufhin der jüngste Sohn des letzten Landwirts vorstellbar wird, wie er abends zwischen den überdüngten Stauden sucht nach den verschlagenen Golfbällen des Tages, sie einsammelt und dafür vom Platzwart fünfzig Cent erhält pro Stück, angesichts dessen die Stimme einer entrückten Großvaterfigur allweil damit anfangen muß, von vergangenen Plagezeiten zu erzählen, in denen man vom Landjäger in etwa dasselbe bekommen habe für einen Schermausschwanz.

Rennstrecke

Hinterm Klärwerk, zwischen Krautländern, Feldern, der asphaltierte Weg, der nach der Winterstrenge Risse aufweist, nachts zum Promillesträßchen wird. Jeder sein eigener Herausforderer. Es geht um nichts, nur ums Gewinnen: mit dem Rennrad, noch vom Kommunionsgeld gekauft, gegen ein frisiertes Mofa antreten. Ohne Zuschauer. Bis zur Gemarkungsgrenze. Ziellinie ist der Schattenstrich, den das Feldkreuz wirft. Das sich abhebt im Abendlob, auf der Flur unterm sinkenden Horizont, zu einer Statik gehörend.

Schauspiel

Schauspiel, biblisches Bild. Es reißt nicht ab. Als erstrecke sich irgendwo noch ein Fleckchen gelobten Landes. Der blökende Strom einer Schafherde wechselt die Gemarkung, überquert die Landstraße, teilt den Raum. Der mit Zaunstangen beladene Esel treibt zwischen den wogenden Leibern. Der Rückstau auf beiden Seiten immer länger. Es nützt nichts, sich zu ereifern. Die Minuten rasten ein in der stehenden Zeit. Außendienstler telefonieren, zünden die zweite Zigarette an, stellen den laufenden Motor endlich ab. Eine Stallwolke hängt in der Luft. Der Schäferhund bellt die stierenden Autos an und ein schwarzes Lämmlein zurück. Schaf um Schaf. Es reißt nicht ab. Ein blökender Strom.

Nach dem Eisregen

Ausharren, im am Straßenrand abgestellten Auto, bis der Streuwagen kommt, sein rotierendes Gelblicht von fern, währenddessen im Wunschkonzert: die Morgenstimmung einer Suite dich längst hinführt zu einer Waldeslichtung, Stangenbohnen emporgewachsen sind an einem Wanderstab, selbst Hände, die Geldscheine bündelten, ein Wundmal berühren dürfen, eine Romanze sich anbahnt zwischen Cellistin und Pianist, durch eine leere Aussegnungshalle ein Schmetterling flöge.

Siebenschläfer

Der nagende Nachtgeist in der Zwischendecke über dem Schlafzimmer. Ergeben hat er sich nun und kauert, in Gestalt eines Eichhörnchens mit Mausohren, auf dem Rücksitz des Autos in seiner Lebendfalle, einem vom Nachbarn ausgeliehenen, selbstgefertigten Unikum, dessen Draht nicht zu durchbeißen war. In den Kurven rollt der Lockapfel an seiner Starrheit, seinen gelähmten Knopfäuglein vorbei. Wie groß muß der Umkreis sein, wie weit muß man hinausfahren, bis er nicht mehr zurückfindet zum Haus. Sein geschwindes Zögern dann, als die Klappe hochgezogen wird, da wo die ersten Feldscheunen stehen. Los rast er, ohne seinen buschigen Schwanz zu vergessen. Selbst die Landschaft sieht ihm nach, runzelt ihre Ackerstirn.

Kleinformatig

Oberschwäbische Landschaften. Öl auf Karton. Der Mensch ein gebückter Strich, der sich entfernt, gleich entschwunden ist. Winterkrähen, Novemberäcker. Sieben auf elf Zentimeter reichen aus, die Welt zu vergegenwärtigen, bevor sie sich auflöst in der Schneestille, im nebligen Hauch über gefrorener Erde. Der Museumsleiter, durch die Sammlung führend: als der Katalog ankam, ließ ich meine Mitarbeiterinnen vor der Abbildung raten, welche Maße das Bild wohl habe, welches Format. Untrügliches Zeichen für die Größe dieser Kunst, waren sie unsicher, lagen daneben, standen dann, statt vor einem Gemälde, auf Augenhöhe staunend, vor einer wandfüllenden Miniatur.

Gesuch

An der Steige,
hinter der Kurve gleich,
Schauplatz, auf dem nichts geschieht,
außer daß Dachsparren sich versteckt halten
im Stamminneren der hochgewachsenen Bäume,
die es schon gab, bei den Straßenarbeiten,
als im Geröll des nahen Hanges
Überreste ausgegraben wurden:
eiszeitliche, eines Mammutschädels,
ungefähr genau an dieser Stelle,
im Lufthauch der Geschwindigkeiten,
wo eine Ruhe sich jetzt ausruht,
und ich stehen möcht
und warten, bis ich
weiß worauf.

Strecke

(Eutingen–Hausach)

Bummelzug, langsamer noch als langsam
übers Viadukt, so in dieses Landschaftsbild,

Darbietung der Gegend, durch die herrenlos,
als atonaler Klang im Licht, ein schwarzer

Hund läuft, auf Eisschollen treibend Kinder
aufblicken am Bahnübergang, an Gabelungen

ein knorriger Eigenbrötler verharrt in sich,
daneben, umgeblättert, zerlesener Seitendunst:

»Das Kabel summt das Volkslied ohne Heimat«
verschuckelt unterstrichen, vor Jahren schon,

zugeklappt jetzt vor dem Nahen, in dem mit
jedem Halt, wie unversehens hineingeraten,

Auftakt einer Elegie, die verschneiten Orte,
entlang der Strecke, alle enden auf ein ach.

Kilometerstein

Landstraßenallüre,
Zufallsinszenierung,
schnauft die Anhöhe hinauf,
vor sich hintuckernd: der Bulldog,
zahm im Windschatten ein Porsche,
der bis zur leuchtenden Kuppe
nicht vorbeikommt am unbeirrbaren
Phlegma dieses Gefährts,
das so weiterzuckelt bis Ultimo
oder in den nächsten Feldweg hinein,
aus dessen Schlaglöchern heraus
die Pfützen den Himmel
anhimmeln.

Exkursion

Überm Kapellenberg
das Posaunenblau einer
Aufbruchstimmung.

Weit genug weg
sind die Strommasten
Skalenstriche.

Mit seinem Kreisen
zeichnet der Bussard
ein Höhenornament.

Die Ebene:
eine Offerte
des Lichts.

Skizze

Vom Hochsitz aus, das Schweifen umfängt
den Blick, am Ortsrand verdecken Häuser

die Häuser, die Vizinalstraße schlängelt
sich fort, Lichtintarsien, die Landschaft

unterm Schnitt der Drähte, eingefaßt von
einer Waldeslänge, dem Saum der ungemähten

Futterwiesen und der Entfernungslinie, hin
zu einem Feldkreuz, aus Windwellen ragend,

wie ein Wegweiser, der in zwei verwitternde
Richtungen zeigt und moosgrün deutet auf den

Himmel, der mit seinen Schwalben
Weite mimt bis zum Hohenzollern.

Freundschaftsdienst, luftige Zeilen

Weil offene Dachstühle aussehen
wie Nistplätze für den Pleitegeier,
mit zwei Sätzen himmelstauglich angelernt,
Ausposauntes schluckt der Wind, weiterreichend
die Dachlatten, die Ziegel, das Teerpappenstück,
hinauf in die Höhe, die schwindelt, und wo
jetzt gemauert wird der Kamin: Freilichtbühne
bis zur diesigen Alb, Säulen oder Bohnenstangen,
fern das Ortsschild, von einer Mücke verdeckt.

Grenzstein

Zweigt da vorne der Weg ab,
krümmt sich etwa der Sonnenschein.

Einen schiefen Gesichtsausdruck hat er
und trägt eine Moosperücke.

Hält Ausschau: mit der Krähe,
die sich auf ihm niederläßt.

Ährenlicht

Er sieht es noch vor sich,
wie er hochgehoben wurde,
wie er mitfahren durfte
in der Mähdrescherkabine,
auf dem Schoß des Fahrers,
in das Gleißen hinein,
sieht es noch vor sich,
wie er es vor sich sah:
das Weizenmeer.

Kartengruß

Gegend, gesprenkelt
mit Gehöften, Dörfern,
ein Weitblick auf das Nahgelegene,
hinweg über Gemarkungsgrenzen,
am höchsten Punkt ragt uneinnehmbar
die Ruine einer Burg, dahinter
zwischen Verrinnen und Entrinnen,
der Horizont, die Linie
als schmaler Grat:
steht da, noch ungestempelt,
von mir in meiner Schrift geschrieben,
auf dem Rückseitigen von dieser Ansicht,
die adressiert ist an mich selber,
damit ich wissen werde,
wo ich war.

VIII

Ortsangaben

Aufwachraum

Gegacker weggegebner Hennen,
Tellerklappern auf den Gängen,
weiße Schwärze, ein Halbton
zwischen bin und war.

Vorvergangenheit

Treffpunkte, Schlupfwinkel,
von Brennesselhalden
verdeckt,

Lautlosigkeit, aus der
Blindschleichen
glitten,

allen Fabeln entkommen,
löschten sie unsere
Spur.

Turmschlüssel

Der Turm ragt mit seiner Höhe
ein Veto ins amtierende Licht.

Jemand sein,
den der gebückte Mesner
noch kennt.

Und nichts wollen,
als den Windungen nachsehen
eines Papierfliegers: gefaltet
aus einer abgelaufenen Frist.

Dächer, deckungsgleich
mit ihrem fahlen
Glanz.

Eingrenzung

Als sei Jetzigkeit
allein schon Gegenwart,

die Ferne hinter der Mauer nichts
als die Ferne hinter der Mauer,

an einem Vortag wie diesem,
naßkalt, auf Allerheiligen hin,

da irgendjemand das garrende
Friedhofstor geölt hat

und die Gräber gerichtet sind,
die Schmerzparzellen.

Szene

Die Augen
auswischen mit
einem dämmrigen Tuch,

eine Krümmungslinie
erblicke ich,

dich, kniend auf dem Boden,
da du einen Staubbeutel aufreißt,
darin suchst nach einem Ring,

wo sind wir,
möchte ich fragen,

damit du sagen könntest: dort,
wo wir wissen wollen,
wo wir sind.

Verschneites Hinweisschild

Nach Niederlagen
führen von jedem Rom aus
alle Wege nach Hintertupfingen.

Im Fernlicht,
hinter einer langgezogenen Kurve,
stehen Rehe, das Streusalz
von der Straße leckend.

Ortsangabe

Ein Fenster zur Hauptstraße, sein verzogener Rahmen. Von hier aus, eingekeilt zwischen Himmelsausschnitt und Erde, der Blick hängt an den Wolkenzipfeln, streicht dann hinweg übers Dächermassiv. Zufriedene Rohrspatzen hocken auf dem gegenüberliegenden First. Darunter steht den ganzen Morgen schon ein Viehanhänger, eine scharrende Kuh darin mit schwarzen Augenklappen. Der Wetterhahn des Kirchturms kräht nicht dazu, seit den Herbststürmen schräggeknickt, hat sich alles verschoben unter ihm. Auf den Briefträger warte ich, der die postalischen Irrläufer zustellt. Die am Haus vorbeigehen, sie kennen etwas von mir, das sie zur Fensterbank herauf mit einem stummen Nicken grüßen läßt. Wovon lebst du, ist immer die erste Frage. Nie will jemand wissen wofür. Es geht, sage ich, und verschweige wohin.

Wo

Während des Platzregens unterm Schalltrichter eines aufgespannten Sonnenschirmes. Am Bahnsteig als Zurückbleibende, die mit dem Taschentuch winkend ein Lufteck ausreiben. Im Hinterhof, wenn tropfende Sitzbezüge auf der Wäscheleine dahängen wie die abgezogenen Felle eines ausgestorbenen Tiers. In der letzten Kirchenbank vor dem Glockenhellen einer hohen Stimmsäule, die ragt aus dem Chor. Bei den Stocherkähnen, am Bootssteg, leicht überspült, so daß du ein paar Schritte gehen kannst übers Wasser.

Suchblatt

Auf der Straßenvene zwischen Grundschule und Elternhaus, gegenüber der Bushaltestelle, in einer Hülle aus Klarsicht befestigt am Laternenpfahl. Seit fast einer Woche hängt dieses Suchblatt hier, hat den ersten Regenschauer überstanden. Ein getigertes Kätzchen, wache Augen, schwarzer Brusttupfer, es fehlt, wird vermißt, könnte jemandem zugelaufen sein. Davorstehend erst wär wahrnehmbar, wie sehr die Autofarben die Geschwindigkeiten ausmalen, in denen sie vorbeirauschen. Das Fellmuster, von Tag zu Tag undeutlicher: eine Umrißboje im Verschwimmenden.

Schwebe

Seinsmüde Schwere, die sich hinlegen möchte auf ein Bärenfell, die Arme hängen an dir herunter als geknickte Flügel, ein jeder Laternenpfahl rempelt dich an: in diesem Morgenpräludium, verzerrt vom Altglascontainer herüber, ein atonales Geklimper im Halbschlaf, zerdepperte Flaschenakkorde, Braunglas, Grünglas, eine jede einzeln, Pathos des Unpathetischen, bis eine Streichergruppe einsetzen müßte, Kirchenglocken, Nebelgebell, ein Regensopran.

Reiserückruf

Daheimgebliebenheit, die in weitem Bogen, unter einem blaubeschallten Himmel, in gegangenen Flugstunden das Dorf umrunden wird, mit einem Fernweh nach mir selbst, der ich jetzt hier sitze und diesen alten Mann ansehe, der auf keine Durchsagen achtet, die Halle rastlos auf und abgeht, und dabei etwas wie einen Koffer, aus dem ein Hemdzipfel schaut, herzieht hinter sich.

Schilderung

Es versucht den Raum einzufangen, eine Wirtsstube, das Stillstehende als Zeitform darin, verliert sich im Detail, den Fugen der Holzvertäfelung, aus denen es noch riechen muß nach Viehhändlern und Dorfhochzeiten, und will dieser Stimme nachgehen, die wie durch einen Zigarrennebel dringt und das erzählt, was sich nicht zeigen läßt: daß die Mutter immer müde gewesen sei, ihre Kinder sie nur so gekannt hätten, müde und erschöpft, und daß sie an der Theke, über die Vortagszeitung gebeugt, immer schon nach den ersten Zeilen einnickte, einmal beim Gläserspülen, mit den Armen bis zum Ellbogen im Spülwasser, einfach im Stehen eingeschlafen war, und wie man ihr nachts am Stammtisch ihre Schürzenbändel um den Stuhl band und dann auf den Tisch haute, »Martha, nomal a Bier«, worauf sie aufgeschreckt sei und die paar Augenblicke, bis sie wieder bei sich war, den Stuhl hinter sich hergezogen habe.

Wasserfall

Um den Stammtisch wachsen die Stuhlbeine in den Boden. Das Warten macht aus allem ein Zeitfüllsel. Geben, hören, sagen: die Kartenrunde fehlt heut. Mein einziger Gast, im heruntergedimmten Schankraum, ist eine unbekannte Frau. Etwas überdimensional hat sie einen Krug vor sich stehen und schenkt daraus in ihr Weinglas ein. Als entspränge dem Krug ein Wasserfall, schenkt sie ein, ohne abzusetzen, ohne daß das Glas voll wird dabei, ohne daß es überlaufen würde. Hierauf erst bemerke ich den verstorbenen Freund an einem abseitigen Nebentisch. Wie lang schon schaut er durch diese gläserne Szene hindurch mich an. Lächelt, geht lächelnd hinaus, ist hinausgegangen, war eben noch da.

Einkehr

Die Fensternische, eine Einfassung für den Tagesschimmer. Es riecht nach verdunstetem Weihwasser, nach einem verblühten Feldblumenstrauß. Mauerrisse versuchen das Gelübde zu erinnern, dem die Kapelle ihren Bau verdankt. Es gibt nur eine Bank zum Knien. Die Opferkerze ist heruntergebrannt. Vorn der gefesselte Märtyrer, den ich anrufe als den Lieblingsheiligen einer vertlaufenen Frau, die da wußte, wem die Himmel tauen. Ausgemessen mit den Winkeln, aus denen die Pfeile ihn trafen: dieser Innenraum.

Dormitorium

(Kloster Bebenhausen)

Mit einem Kältehauch zugedeckt, liegt auf der Strohmatratze von Zeittafeln Abgewandtes, nachlauschend dem, was sich unhörbar kaum vernehmen läßt: bröckelnde Hustengeräusche aus den Schlafzellen nebenan, das aufgeschreckte Nagewesen im Inneren der Jahre, die winzigen Stimmunebenheiten im Gebetsmonotonen, Klopfzeichen, traumentfernte, aus der eigenen Schädeltiefe, und die zu weite Mönchskutte, ihr Nachschleifen auf dem Steinboden des Ganges.

Glockenmuseum

Die Zeit hat jenen schweren Schritt,
aus dem wir Glocken gießen.
(Werner Lutz)

Die ehemalige Furcht vorm eingeschmolzenen Dasein als Kanonenkugel, wie sie mitschwang, inmitten eines Erntetages, am Annalenrand eines Geburtsjahres: im Untergangsläuten der Betglocken, deren Schallwellen doch nur das Dunkeldrohende aufreißen sollten, diesen Gewittersud, jene himmelsgeschwärzte Stelle eines Hirtenbriefes, gegengelesen vielleicht vom hageren Mesner, der zog, gegen das eingestellte Zählwerk, mit seinem Körpergewicht an den Seilen.

Musikwald

Das Tonholz für die Resonanzböden stamme von ausgesuchten Rotfichten, zweihundert Jahre alten Baumriesen, die ab einer Höhe von fünfzehnhundert Metern wachsen und bei abnehmendem Mond gefällt werden. Die reinen Schallschwingungen haben mit den regelmäßig gewachsenen Jahresringen zu tun, sieben bis zehn pro Zentimeter nur, eine solch feine und enge Faser. Und während sie das flüstert, nah an mein Ohr gebeugt, verlaufen sich Pilzsucher und Beerensammler in den Parametern eines vergangenen Jahrhunderts, tritt ein pathetischer Hirsch auf eine Lichtung hinaus, ragt zwischen Blattwerk und Lichtrissen die Oktave eines hohen Felsvorsprungs als Vogeltränke hervor, wächst symphonisch langsam, Schattenspiel und Echo, ein entfernter Schlupfwinkel zu.

An der Akademie

Was sich in die Höhe reckt, plädiert für etwas. So wie es die Dämmerung braucht, damit die Form ihren Umriß ausfüllen kann. Wir, keine Farbdirigenten mit dem Pinsel in der Hand, versuchen lediglich, Konkretes zu betrachten, wie das Kopfkissen des Nasenbluters, das die Nacht abstrahiert. Überlegt deshalb bis morgen, was für ein Konstrukt das wäre, was für ein Gebilde es ergäbe, wenn man sie nachfahren, nachzeichnen könnte: die Kreise, die Ellipsen, die Flugkurven der Vögel, die heute nach der Baumfällaktion ihre Nistplätze suchten im leeren Licht.

Deines Namens Echoleere

Am Krückstock des Benennens, Nordwanddunkel eines Erinnerungsmassivs, jedesmal haltloser, fallender, mit dem Aufzug zur obersten Ebene hinab: mitten hinein in die Erloschenheit. Dort, in deren Aufenthaltsraum, sich in einen der eingenäßten Sessel setzen. Und nichts tun bei dieser Audienz als eine schrundige Hand zu halten, die sich anfühlt wie Rinde. Und so zusammen allein den zitronengelben Vogel betrachten. Wie er das Zentrum seines Käfigs findet. Indem wir ihm lauschen, seiner Hymne. Bis die Stunde vergeht. Bis die Zeit versiegt. Bis sein Trillern flackert. Bis er nur noch ein singendes Flämmchen ist.

Vorm Narrengericht

Auf Geheiß des Kindes, das man war. Drei verschrumpelte Zwetschgen als Streitwert. Ob du auch ein Dieb bist, wenn du dich fortstiehlst. Es mehr ein Augenzwinkern, eher ein Wimpernzucken gewesen sei. Am besten wäre still sein. So wie ein verschneiter Tennisplatz. Oder als wie ein Findling, der sein Dastehen bezeugt. Bisweilen verbirgt sich ja alles Unverständliche in den Fugen zweier klarer Sätze. Nachdem man nicht abgestritten hat, daß man eine Handvoll Hagelkörner ins Gefrierfach legte. Zu Protokoll gab, daß man als Ungelernter in der Feinabstimmung schaffe zwischen lediglich und wenigstens, zwischen bloß und nur. Und daß der Großvater prägend, einem einst den Sägbock sattelnd, ein sanfter Trinker, als junger Zimmermann schon den uralten Josefsberuf ausübte. Seit daher, mit dieser Altersangabe, erstreckt sich von womöglich bis vielleicht eine halbe Weltreise, ist ein Hochseil gespannt, führt ein Schleichweg, wär es ein einziger Ausfallschritt. Die Unschuldsmiene aufgesetzt: keinen Schmetterling könnt ich erschlagen mit der Fliegenpatsche.

IX

Das Antlitz der Dinge

Wundert euch nicht daß wir die Welt nicht beschreiben können
wir nennen die Dinge nur zärtlich beim Namen

ZBIGNIEW HERBERT

Was in die Streichholzschachtel paßte

für Hubert Klöpfer

Die abgekaute Veilchenwurzel. Ein vertrockneter Libellenflügel. Der versteinerte Stielrest einer Seelilie. Die Gedenkmünze des plattgewalzten Pfennigs. Ein Kirschkern. Ein verlorenes Knopfauge. Das Glöckchen von einem Narrenkleid.

Wenn die Dinge ihr Antlitz zeigen

Bemerken wir das am Laternenpfahl angekettete Fahrrad, dem seit gestern Nacht das Vorderrad fehlt. Durchschaut uns die Maserung der Tischplatte, nachdem der Schreinerfreund darüber streicht und von seinem Lieblingsholz spricht, bei welcher Mondphase es eingeschlagen werden mußte, wie lange es zu lagern hatte. Erinnert sich einer in der Runde plötzlich an den matten Nasenring eines Zuchtbullen, den ein Metzgergeselle dem buckligen Bauern aushändigte, der sein Großvater war. Ist dies kein Handfeger, sondern der einst einem Bürstenbinder an der Haustür abgekaufte Kehrwisch. Gehörte solch ein roter Stoffetzen als Langholzwimpel zu deiner Trophäensammlung. Verknüpft sich der Tropfenfänger unserer Kommunionskerze mit dem Strumpfband der Frauen. Erzählt eine Schüssel, in der ansonst Bohnen eingeweicht wurden, daß der ergraute Landarzt seine Hände in ihrem heißen Wasser wusch, bevor er den Dammschnitt ansetzte bei der Hausgeburt. Wärmt sich an dieser reflektierenden Mauer wirklich noch ein Reisigbesen aus dürren Birkenzweigen, festgezurrt mit Kabelbinder, früher nahm man dazu einen Weidenzweig.

Schrottwichteln

Ein seltsames Spiel. Dreimal mußte ich es mir vorab erklären lassen. Man trifft sich also und sitzt dann einen Abend lang, in einem durch Körperwärme überheizten Zimmer, um einen Tisch herum. Jeder hat seinen in Zeitungspapier verpackten Gegenstand mitgebracht, den er loswerden will. Dann wird mit dem Auswürfeln begonnen. Manchmal gibt es einen Richtungswechsel. Am Ende des Abends verabschiedet man sich voneinander, immer noch lachend, und tritt in die Nacht hinaus. Mit einem ausgepackten Furzkissen in der Hand. Mit der Marienstatue einer vergangenen Wallfahrt unterm Arm. Trägt ein Weckglas mit sich heim, das eingeschrumpelte Kirschen vom Sommer 1999 enthält. Weiß nicht, was man anfangen soll auf der Porzellanhochebene eines Tellers, der irgendeiner Aussteuer entstammte. Schaut ratlos in das traurigzerschrammte, grasfleckige Antlitz von diesem Paar Schienbeinschützern, die einmal jemandem wie mir gehört haben.

Wertberichtigung

Es gab einmal das, was man wollte, und das, was man bekam. Und alles Nichtweggeworfene, Sog dieser Werkstattkiste, in der das Winziggroße aufgehoben war. Hinabgesunkenes Messing, Grünspanleuchten, Rostornamente und Perlmuttmacken. Ein Genrelautbild, die öligen Finger beim Kruschteln. Bis sich im Schräubchengeraschel dann, zwischen all den Schrottpartikeln, wunderwas das genau endlich fand, was einzig die Lottrigkeit der Tage, den Epochenverschnitt, das Gewolltbekommene zusammenhielt: ein verbogenes Scharnier, das zufallspassende Zahnrädchen, die dünngeklopfte Unterlagsscheibe, der richtige Dichtungsring.

Abgelaufene Ruhezeit

Was länger währt, als daß es dauert. Dieser Grabstein im Schubkarren. Zu schlicht für eine Gesetzestafel. Zu glatt, um Gebote darauf einzumeißeln. Was denn soll man tun mit ihm, seiner abgeräumten Schwere, die sich so leicht aus ihrem Schlagschatten stemmen ließ. Da niemand mehr da ist, der noch wüßte, daß man damit zur besseren Standfestigkeit auch ein Kellerregal unterlegen, daß man ihn als Treppenstufe vermauern, als Stalltürschwelle einpassen könnte. Und die Einfassung vielleicht andernorts verwendbar wäre als Umrandung für ein Gartenbeet. Wer noch ein Anwesen besitzt, bräuchte ihn auch einfach nur irgendwo zuhinterst zu lagern. Bis Generationsgezeiten später beim Ausräumen jemand seine Erdseite anhebt: gnädig abgeschliffen nun durch die Rückenpanzer der Asseln.

Ein dunkler Kanister

Erschöpfung, fokussiert auf den schwarzen Hautfleck vor Augen, auf das Schmerztaube neben dem eingewachsenen Nagel, wo die alte Frau sich über Nacht an der Bettflasche den fühllosen Zeh verbrannt hat. Schaufensterkrankheit, welch sonderbarer Name für ein Leiden. Von Auslage zu Auslage die Tasche abstellen, sich den Heimweg einteilen. Das Pochen in den verengten Venen zählt die Schritte mit. Ein paar wenige schließlich sind es bis zum Brückenbogen, unter dem der Fluß hindurchmuß. Und erkennbar das Mädchen, die Schulschwänzerin, die eben vorher in der Apotheke so überleis nach einem Schwangerschaftstest fragte, hinunterstarrt: auf das Wasser, auf dem, an den Enten vorbei, dem Stauwehr entgegen, abgebrochene Äste treiben, ein verlorener Ball, der Schatten eines Weidenkorbs, ein dunkler Kanister.

Odyssee

Wochenlang, entsinnt sie sich am Vorabend ihrer goldenen Hochzeit, sei sie durchs Haus gegeistert, habe jede Ritze, jeden Spalt, jedes Eck abgesucht, jedes Möbelstück zehnmal verschoben, zum heiligen Antonius gebetet, den heiligen Antonius verflucht, habe selbst in einem Elsternnest nachgesehen, sei heulend, ob des schlechten Omens, vor heruntergebrannten Kerzen gehockt und noch magerer geworden, als sie es nach der zweiten Schwangerschaft ohnehin schon war: ihr Ehering blieb verschwunden. Dann, nach einem Jahr, ein windiger Oktobernachmittag, auf dem Feld beim Kartoffelauflesen, hält sie ihn urplötzlich mit einem Erdbollen zusammen in der Hand, kann es nicht glauben, reibt ihn ab, der Himmel reißt auf, sie wird von einem Weinkrampf geschüttelt, und begreift, als hätte er sie gefunden, seine Odyssee: daß er sich beim Futtern vom Finger gelöst hatte, in die Krippe gefallen war, von dort durch sieben Mägen gewandert, unverdaut ausgeschieden wurde und mit dem Kuhmist aufs Feld ausgebracht, wo ihn die Erde verschluckte, bis sie diese dann abrieb, von ihm, nach einem Jahr, an einem windigen Oktobernachmittag.

Münzsammlung

Münzen, die man in einen Brunnen warf, in eine Opferkasse. Jene im Wurf verhungerten, nachmittagelang gegen eine Hauswand hin beim Pfennigfuchsen verspielt. Und die aus Betrunkenengeldbeuteln gefallenen, nach denen man im Festgetretenen suchte, um das Gerippe des Festzeltes herum, und die uns so für immer zeigen, wie wir gleich nach Schulschluß, von weitem gesehen: wunderliche Ährenleser, gebückt die zertrampelte Fläche abgehen. Und diese hier, die von einer wichtigen Platzwahl herstammen müßte, die einmal hochgeschmissen wurde, um mit dem böigen Wind zu spielen oder gegen die tiefstehende Sonne.

Der Tauglichkeitsgrad unserer Traurigkeit

Klapptische sind aufgebaut, Tücher auf dem Boden ausgebreitet. Zwei Comicverkäufer, uneins ob Obelix, ob Superman, wer der Stärkere sei. Ihnen gegenüber, zwischen veralteten Sammelbildern, einem eingeschweißten Landkartenpuzzle und einer Ballpumpe, hockt ein Junge, Sequester seiner eigenen Kindheit, vor einem Fuhrpark aus Rennwägen und Feuerwehrautos. Seine Schwester daneben, die schon Bilderbücher entbehren kann, denen keine Seite fehlt, hat verschrockene Plüschtiere ausgesetzt und läßt sich runterhandeln bei einer Sprechpuppe, die sich weigert, noch etwas zu sagen. Wüßten wir rein nichts von Kinderflohmärkten, daß dies rundum doch nur Verkaufsstände sind, lägen all diese Dinge vor uns gleich einem Anschauungsmaterial. Könnte man sie in ihrer Anordnung einfach in einer Vitrine ausstellen. Sähen sie hinterher, auf den Photos, die du gemacht hast, aus wie schwarzweiße heidnische Opfergaben.

Auf der sechsten Ebene

Welchen Tag wir heute haben, wird bei der morgendlichen Visite abgefragt. Immer den heutigen, so der frühpensionierte Prokurist, den es antriebslos verspült hat. Sein Zimmernachbar schweigt weiterhin und schleppt sich den Gang hinauf und hinunter, weil er in der Spur bleiben muß, im Geleis. Bei der wöchentlichen Biographiestunde, die Gegenwart ein wenig heruntergedimmt, fällt selbst in solch künstlichem Lichtverhältnis der Schattenwurf des Starenschwarmes über ein sonniges Gemüt, das mit offenen Füßen im Rollstuhl sitzend Ballettschuhe trägt, sich schieben läßt über einen zugefrorenen Schwanensee. Auf dem verwunschenen Regal in diesem Resonanzraum, in ihrem Nachhall versammelt: eine ausgediente Nudelmaschine, eine Milchkanne, ein Dampfbügeleisen, eine verbeulte Kaffeedose, eine Bierflasche mit Schnappverschluß, eine leere Waschpulvertrommel, eine mechanische Olympia und, als sei er mostkühl gefüllt, ein Steinkrug. Ein Auditorium, das zurückschaut, wenn man es anschaut.

Platzanweisung

Setz dich einfach
auf dies durchgesessene
Sofa, das fremdelt zwischen
Garageneinfahrt und Laterne,
am Rande der Straßenlichtung,
wenn alles Ausgediente
den Mondschein ausstaffiert
und die Nacht Gestalten entläßt,
die einen Laufstall einladen,
gegenüber diesem Haus,
seinen schielenden Fenstern,
die auf das erstarrte Treibgut blicken,
als gehörest du dazu,
so wie du dasitzt:
mit deinem Schemenstatus,
von der Stille angelernt,
neben dem Laternenpfahl
als Mittelsenkrechte jetzt
in diesem dunklen
Gefüge.

Rumpelkammer

Eine Murmel
oder ein Glasauge
rugelt unter diese wackelige Stellage.

Abordnungen leerer Einmachgläser.
Und ein Koffer, der sich totstellt.

Ein mürrischer Kohleneimer
goscht ein Schemelchen an.

Der Stubentisch weiß noch
wurmstichig, daß er zuletzt
als Hausaltar diente.

Im Zwielicht der hinteren Ecke verstaubt
dein altes Schaukelpferd, verstaubt
ein trojanisches Fohlen.

Panoptikum

Ich glaube, was ich sehe
und ich sehe, daß ich glaube:
daß der frühere Beichtstuhl vor mir steht,

im Hinterhof, da hier, beim Hühnergehege,
unterm Vordachschatten, die Bretterwand zierend,
seit dem Abriß der alten Kirche damals, sagt Theo,

weil niemand ihn brauchen wollte, gerettet
vom längst gestorbenen Vater, mit paar eingelegten
Zwischenböden umgemodelt dann halt zum Hasenstall,

und so nun also sitzt am Sprechgitter
dieser stumme Rammler, daß ich mir vorkomm
wie ein Zuspätberufener, vor solchem Gnadenerweis,

und keinen Oberministranten im Rücken,
schwenkt im Garten der Nebel sein Rauchfaß,
salzsäulenstarr verharren die herbstlichen Bäume.

Die Grabbeigaben

Angeleuchtet
in einer Vitrine,
in deren Glas sich
unsere Gesichter spiegeln,

aus dem fünften Jahrhundert,
vom Gräberfeld im Neubaugebiet,

das Nötigste,

dem zweijährigen
Alemannenmädchen
mitgegeben:

ein Schmuckanhänger, Schutzamulett kraft
der aufgereihten Fangzähne eines Bären,

ein Kamm aus Rothirschgeweih,
eine knöcherne Spinnwirtel,
Perlen,

und ein Topf, der
gefüllt war
mit Brei.

Handtascheninhalt

Halbleer das Arzneikölbchen,
das weihwassergefüllte, unbenutzt
ein Taschentuch mit eingesticktem Monogramm,
nichts, das sich voraussagt
durch Kassenzettel über Bagatellbeträge,
einem Busfahrschein vom Nahverkehr,
den Scheiben Brotes, eingewickelt
in Serviettenweiß, nichts,
nur ein süßlich ausgeleerter Duft,
und zwischen Gesangbuchseiten
abgegriffen, ein verschüttetes Licht,
in dem die Heiligen verharren,
neben Trauerkarten längst abgeräumter Gräber,
den krähenfüßigen Schriftzeichen,
auf Nebel gedruckt.

Mitschrift

Steine, Schlaglöcher.
Steckengeblieben im Schlamm.
Jeden früheren Feldweg kannte ich hier.
Ich war einmal ein Wagenrad.
Hab damals zu einem Fuhrwerk gehört.
Mit dem die Ernten eingebracht wurden.
Ein Fuhrwerk mit zwei Pferden.
Diese Pferde haben auch Hochzeitskutschen gezogen.
Den Leichenwagen sogar.
Wobei sie anfangs scheuten wegen der Trauermusik.
Ein Wagenrad war ich einmal.
Man bringt es nicht fertig, mich einfach wegzuwerfen.
Mich zum Sperrmüllexponat zu machen.
Deshalb häng ich hier als Zierde an der Hauswand.
Oder bin ich eine Dingreliquie.
Und wo sind eigentlich die Pferde hin.
Meine durchgehenden Gäule.
Meine müden Rösser.

An der Stallwand lehnend

Ministrable Haltung, als lakonisches
Rückgrat: ein Stiel aus Eibenholz.

Standhafte Mistgabel, die für sich behält,
wieviele Augiasställe sie schon ausgemistet hat.

Mürrisch nachfragt: bist du gebürtig,
gar nach hierher strafversetzt.

Durch dich hindurchschaut, weit genug,
bis selbst du bäuerliche Vorfahren hast.

Einzelstück

Abgesplittert, ein
Erinnerungsflärren
am Henkel:
wertlose Tasse,
die inmitten
des Scherbenhaufens
am Polterabend
ganz blieb,
aufgehoben wurde
mit einem Bückling,
und seitdem,
für die Dauer
einer Dauer,
für sich steht
als Einzelstück,
diesseits hier,
am Abgrund
des Regals.

Das alte Chaiselongue

Mit dem durchgelegenen Sofa sich treiben lassen,
auf überladnem Heuwagen oben, flußabwärts im Kahn,
ein Mittagsschläfchen halten bis zur Dämmerstunde,
quer zum Tag hin, ein Jünger am Fuße des Ölbergs,
während auf Überstundenkonten die Zeit verfällt,
ein Schöpfeimer rostet am Grund eines Weihers.

Handschuh

Den zweiten Tag schon
hält er seinen Einspruch aufrecht:
mein verlorener Handschuh.

Jemand hat ihn aufgehoben
und auf die Zaunlatte gesteckt,
damit ich zu einem Suchenden werde,
der ihn von weitem sehen soll.

Etwas Wesenhaftes hat er angenommen,
wie seine Finger so heroisch ins Leere greifen.

Er macht jetzt das Unweite nah,
stört die Ziergeometrie des Vorgartens,
weist auf ein anderes Ringsum.

Und steckt auf dieser Zaunlatte,
als wär er meinen lommeligen Händedruck leid, als
hätte er sich endlich abgesetzt von seinem Gegenstück.

Wer nur hat den Himmel
heut so tief gehängt.

Wandschmuck

Diese Küchenuhr vom Sperrmüll,
ohne Zeiger hängt sie nun an meiner Wand,
schaut blind ins Leere und weiß nichts mehr,
hängt da, eine tickende Gedächtnisstütze,
verlängert meine Tage und macht mir
jeden Vertreterbesuch nervös.

Anblick

Da,
in der löchrigen Dachrinne,
zwischen dem verfaulten Laub,

vom letzten Sommer noch:
diese drei Federbälle,

was zählen sie an in ihrer Einigkeit,
was zählen sie ab, wen
überstimmen sie.

X

Wortfährte

Auftakt

Ohne Lehrerlaubnis
fällt draußen Schnee.

Daß du stehst neben dir
am Fenster deiner Dachkammer.

Hinausschaust als wie einer,
der auf nichts wartet.

Bis schwarz eine Katze
den Garten durchquert.

Schnee fällt draußen
und bedeckt das Weiß.

Utensil

Kleckerlestage, ein Weltfleck, das Einkringeln
mit nichts als diesem angenagten Bleistift hier,
zum Stummel gespitzt von einem Erstkläßlereifer,
hinschreib ich, für das gestrichne Existenzform,
an den Abendrand, graphitgehaucht: Seinsweise.

Ein handgeschriebenes Gedicht

Stattdessen, vielleicht oder einfach
mit dem Staubwedel die Möbel dirigieren,
in die Wirkungspause der Redner hineinhusten,
auf gerader Strecke einen Leichenwagen überholen,
das Hermetische mit dem Sakristeischlüssel öffnen,
zur Luftschloßruine hinterm Wolkengetüm hindeuten,
dem Schneefall zuhören, dem Laudator des Weiß.

Beispielsweise

Die Aufstiegschancen eines Sänftenträgers.
Der Wangenkuß des Feuerschluckers.
Die Augenfarbe eines Blindenhundes.
Das Lächeln der Narkoseschwester.
Die Rendite einer Rose.

Bleistiftzeilen auf dem Notizblock der Nacht

Das Starren
auf die verschlossene Tür,
bis etwas Krabbelndes
im Schlüsselloch
verschwand.

Von weitem lag eine Handtasche auf der Fahrbahn.
Von nahem war es ein überfahrener Dachs.

Wie eine Töpferscheibe,
wie ein Plattenteller drehte sich
das Zifferblatt
einer Uhr.

Mit dem Rücken zu mir
aß ich die Staubschicht vom
seit Jahren unbenutzten
Festtagsgeschirr.

Abgeseihtes Licht.
Vögel, die Erinnerungskrumen aufpickten.

In den Gewölbehall hinein
erklang eine Stimme: was würdest du gestehen,
wenn man dir die Achselhöhlen ausbrennt mit einer Fackel.

Fensterläden
applaudierten
dem Wind.

Morgenstund

Vom Weckerrasseln angeschirrt ins Tagesjoch. Kein lauer Schlummertrunk, herüberduftend vom ungedeckten Frühstückstisch. Alle Träume, die ich nicht erinnre, konfisziert vom Schlaf. Dämmerlicht vorm Fenster und ein weites Himmelsgähnen. Als ein Sprungtuch liegt der Bettvorleger da.

Erbauungsschrift

Wachsein vor dem Aufwachen. In der Traumsänfte des Bettes. Vom Tonband des Gartens her: das Sphärische von Vogelstimmen. Ein Jubilate aus Licht und Frühe. Als sei die Freischicht auf einen Montag gefallen. Oder auf den abgeschafften Feiertag. Der arme Wecker nur, was hat ihn so rasselnd gegen all dies aufgehetzt. Jeder Sonnenaufgang ist eine Uraufführung.

Randnotiz in Sütterlin

Die Nutzfläche des Gedankens, die Trutzburg des Gefühls. Willst du eine einfache Aufgabe oder lieber eine leichtere. Auch aller Anbeginn hat einen Anfang. Stell einen Notenständer ins Freie, schon sammeln sich darauf Schwalben. Sag statt Boden Erdreich, schon stehst du woanders.

Entwurf

Vor fünfhundert Jahren hätte man vielleicht noch ein Kloster mitgegründet. Weit weg von Seinsgehabe, Sinngetue. Und einfach sein: lässt sich doch seit je auf zwei Arten betonen. So ist das also. So also ist das. Die Stille davor, die Stille danach. Geschehen statt Handlung. Der Augenblick, der andauert. Ungesagtes, das sich auf Nichtgesagtes reimt. Genauigkeit, ins Unbestimmte führend. Hügellandschaft deines Handrückens. Aufgehobenes, Aufgelesenes. Der Felsbrocken eines Brotkrümels, wenn ihn die Ameise schleppt. Leicht verständlich, aber schwer zugänglich. Assonanz von absolut und obsolet. Mitunter, da schon durch ein schlichtes Komma die Zeile zur Waage werden kann. Oder wie wenn zur Eloquenz eines jeden Gartens Rosenduft gehörte. Dementsprechend Ortsgebundenheit als Lokalbezug zur Welt. Das Tagesleck mit einem Satz abdichten. Und, Schlußverse in der Mitte versteckt, Vergangenheiten hinhaltend. Bis um einen herum Brennesseln wachsen. Bis ein lichter Hallraum entsteht. Bis aus dem Gesehenen Gesehenes wird.

Bildlich gesprochen

Wurde ein Viereck in ein Karree gesperrt. Zieht ein Luftballon ein Senkblei nach oben. Hat irgendein Mittelloser dir eine Ausfallbürgschaft unterschrieben. Versteckt sich stockdunkel ein Goldbarren unter Kohlenbriketts. Säuselt der Fuchs deiner Mastgans ein Kompliment. Reichte es, einen Fingerhut voll Meerwasser ins Zimmeraquarium zu schütten. Ist mir, als würde ein Sabbatjahr für einen Augenblick gesetzt. Monumentierte sich auf freier Fläche ein debiler Betonklotz. Verbringst du die Tage mit dem Verbringen deiner Tage. Knurrt ein Schoßhündchen uns an.

Eine Wortfährte aufnehmen

Sonnenhof, Kurklinik. Ein Kuriosum die Voliere, zwischen den Sitzgruppen in der Empfangshalle, mit dem sprechenden Papagei auf der Schaukelstange. *Lauter alte Weiber*, der einzige Halbsatz, den er vor sich hinkrächzen kann. Beigebracht vom ergrauten Hausmeister, als der seinerzeit verschmitzter und jünger war. Die alten Weiber, die gemeint sind, lassen sich aufheitern davon. Eine unter ihnen bist du. Die eben ihre Tasse Schonkaffee absetzt, an mir vorbei die Mitte des leeren Kuchentellers fixiert, diesen verlorenen Faden wieder findet: daß deiner Mutter, als einfacher Frau vom Land, extravagant geläufig gewesen sei. Extravagant. Und ich selber, tappst du weiter vor dich hin, ich selber hab sie nie danach gefragt, wie sie auf dieses Wort kam, woher sie es hatte.

Wirres Zeugs notieren

Der Platzbedarf einer Leerstelle. Die Fadenheftung unserer Jahre. Am Ruhepuls der Zeit läuten Betglocken. Was sind das für Gestalten, drüben an der Außenlinie deiner Biographie. Das Schwere in mir: als würde etwas versinken, versinken wie ein Backstein, den ein Schwimmlehrer ins Wasser wirft. Tageszeiten: Kulissenschieber. Die Körpersprache eines Bettlägerigen. Verschönerungsmaßnahmen, die Tristes verschandeln. Auf der Seufzerbrücke des Neckars stehen oder im Wehrgang eines Luftschlosses. Eine Malerin, die Nordlicht braucht. Die Privatmeinung des Königs. Lebenstangentialen. Morgensterch sein. Jemand, der in der Endabnahme arbeitet. Meine Aufrichtigkeit, sie schwindelt den Lügendetektor mit der Wahrheit an. Die Sekunden, emsige Akkordarbeiter. Leichtgläubige und Schwerfällige neutralisieren sich. Und jedesmal vergessen die Volkszähler den Eremiten in uns. Nebelstreifen, Opferschalen, Säulengänge, Wachstation: auch das ergäbe eine Art Kompass.

Quodlibet

Über meinem Schreibtisch hängt die Nahaufnahme des verhornt gekrümmten Zehs, der mit seinem eingewachsenen Nagel zum Ausschnitt einer väterlichen Marslandschaft geriet. Ein Mahnschreiben. Eine verfallene Eintrittskarte. Die Höhlenzeichnung auf dem Papierfetzen eines Rechnungsblöckles. Wie ein vergilbtes Diplom der Zeitungsartikel vom ersten Verriss. Ein Zettel mit einem Satz von Yves Bonnefoy: »Ich habe von den Wörtern nur gewollt, daß sie an die Stille glauben.« Kartengrüße von Spitzwegs gähnendem Wachposten. Das Schattenphoto des fünfhundert Jahre alten Bergahorns, unter dem wir letzten Sommer rasteten. Der Ultraschallumriß, auf dem noch kein Geschlecht erkennbar ist. Zwei Einladungen, die sich überschneiden. Mein dunkelstes Paßbild, von einer Blitzsäule frühmorgens aufgenommen.

An der mechanischen Schreibmaschine

Im atonalen Geklapper: das Astknacken eines Kommas, daß oder dass ein Wachhündchen in dir seinen Schatten verbellt, nie auf nun die stockende Stelle anknurrt, das Straucheln einer Formulierung, das hallend vertippte Adjektiv, dies eine tönend angeschlagene Wort, den Zischlaut Ich, daraufhin du innehältst, aufschaust und, bevor die Feststellung Behauptung wird, aus der Walze dein Sudelblatt ziehst, den fälschungssicheren Anfang korrigierst, mit handschriftlichem Pfeil die verebbende Schlußzeile zur Mitte hin verschiebst, alles doch zerknüllst, das Farbband wechselst, mit schwarzen Fingerkuppen nochmal von vorn anfängst, unschlüssig, ob dein Satz Gehäuse werden soll oder Diagramm, um es dann für heute vielleicht lieber ganz sein zu lassen, während die Motten stoisch und geblendet den Funzelplaneten deiner Lampe umkreisen, sich auf der Klaviatur niederlassen, ihren Flügelstaub zwischen die Typenhebel verstreuen, sich auf die klemmenden Buchstaben setzen.

Stillarbeit

Das Kerngehäuse einer Stunde. Fernher die Morsezeichen eines Spechtes. Nebenan ist das Kind am Einschlafen, dessen Süßigkeitenverstecke du kennst. Die Baumsilhouetten im Garten, eine dämmrige Abwehrreihe. Der unterstrichene Satz im aufgeschlagenen Buch, kaum länger als die Naht zwischen dir und deinem Schatten. Die heutige Blickausbeute: Maurerhände, die sich betrachten ließen wie eine Karstlandschaft. Stufen hinuntergehen, als seien es Stapfeln. Rar und karg: zwei Dochte. Im Lampenschein verläuft die Geschäftigkeit einer Ameisenstraße, Brechungswinkel von Fensterbrett und Tagesrand.

Der Übersetzer fragt nach

Wieso erweisen sich die tristen Häuserzeilen als unleserlich. Wortschatz gegen Lexikon: zerdätscht und verlickern finde ich nicht. Was wäre gesteigert leerer noch als ein leerer Reservekanister. Ein Finanzheini: was soll das sein. Und wozu tätigt Erinnerung eine Investition in die Vergangenheit. Hat es eine besondere Bewandtnis, daß deine Laufburschen ungleiche Socken anhaben. Zeitlawine, Morgenserenade, Vorzeigschmerz: müßten diese Überschriften nach geknackten Passwörtern klingen. Dann: was sind eigentlich Fasnetsversehrte, und ist das, was sie tragen, ein Turban oder ein Stirnverband. Dürfte ich anstatt verseckeln auch tadeln schreiben. Wer nennt sich Galerist der weißen Dächer. Weshalb lag das Silbertablett auf dem Präsentierteller. Was hat die Planierraupe mit der Orthographie der Landschaft zu tun. Was sind Wipfelworte. Und wofür steht das ausgestopfte Wiesel in der siebten Zeile da.

Exposé

Ich habe, wir sind, meint jemand am Anfang, da noch alles vor ihm liegt, er noch nicht weiß, was das ist, was ein Gesicht zum Antlitz macht, einen Ort zur Stätte, und daß es so wie das zu Schöne auch das zu Wahre gibt, und man die Jahre strecken muß mit Seufzerlängen, Augenblicksdauer, um am Ende vorm einfallslosen Schlußbild eines zusammengekehrten Blätterhaufens, den ein Herbstwind aufwirbelt, wenigstens sagen zu können, Vergangenheitspräsens: wir waren, ich hatte.

XI

Aus der Zettelwirtschaft

… diese kleinen
Barrikaden der Schrift.

KLAUS MERZ

Vom Bahnhof zur Zweigstelle,
diese tägliche Wegstrecke allein:
aufs Arbeitsleben hochgerechnet,
die verpaßte Erdumwanderung.

★

Sie aufheben,
die Wortkrumen
des Dialekts.

★

Schreib
das Wort Gipfel
auf ein Blatt Papier,
leg es
in die Zimmermitte,
stelle dich drauf
und schließ
die Augen.

★

Wie er aufmuckt
in der Landschaft,
mit dem, was er ist,
dieser alleinige Hügel.

★

Die Stricknadeln, mit denen sie ohne aufzublicken
an einem Babyjäckchen weiterstrickte,
waren klappernde Uhrzeiger.

*

Ein Epiker
des Augenblicks
sein.

*

Ein irreparabler Optimismus.

*

Fersenblasen aufstechen
mit der Ehrennadel einer Firmentreue,
oder sie als Dietrich benutzen
für ein rostiges Vorhängeschloß.

*

Es geht im Grunde nur
um die Nuance zwischen
mißlungen und mißglückt.

*

Nichts ist zu Ende,
bloß weil es vorbei ist:
behauptet diese Inschrift.

*

Hinge in Kopfhöhe
anstelle der Pinnwand ein Spiegel,
man brächte keine einzige Zeile zustand.

*

Das Augenmaß für die Zeitspanne,
in der aus einem Schandfleck
eine Sehenswürdigkeit wird.

*

Im Saueimer, zwischen den Essensresten,
unlesbar die aufgeweichte Zuckerschrift,
sah ich einmal ein Lebkuchenherz liegen.

*

Faulheit, Trollscher Geisteshumus,
mit Nichtstun grad beschäftigt,
meinem Zeiterwerb.

*

Der Tannenwipfel Schattenriß,
ein schwankendes Plazet
in der mondhellen Luft.

★

Wem sprach ich nach,
daß unsere Verlusttümer
das einzige sind, was
uns bleibend gehört.

★

Rückschritt oder Anlaufnehmen.

★

Auf dem Ausschnitt
einer alten Landkarte:
die roten Äderchen
im Gesichte der Säufer.

★

Gelesen, eine Fußnote: daß es im Hebräischen
ein Wort gibt, sowohl Herkunft bedeutend
als auch Ausgang, Ausweg.

★

Absolut loyal
wär ich nichtmal
gegen mich selbst.

*

Jetzt: wenn das Licht angeht
in den Backstuben, die Wirte
sich ins Bett begeben.

*

Die Hunde, die man tragen muß zum Jagen,
springen bellend an mir hoch und folgen
auf das Wort, das mir nicht einfällt.

*

Donnerbalken: klingt wie
nach einem Losungswort,
das jemand vergessen hat,
den wir vergessen haben.

*

Ein hereingeschneiter Wisch,
Jahre, die dich fragen: ob
du einen Werdegang hast
oder eine Biographie.

*

Im achten Himmel war es, da haben
die Tränen der beiden Mütter
sein Herz imprägniert.

*

Sich selbst herausziehen wollen
aus dem Alltagssumpf, der kahle
Fleck an unserm Hinterkopf,
er zeugt davon.

*

Was die Realisten sagen, kommt mir
so unwirklichkeitsfremd vor.

*

Auf dem Küchentisch liegt noch immer
diese ausgeschnittene Stellenanzeige,
die einen Krallenabdruck trägt
als Firmensignet.

*

Vom Vergänglichen, nicht
vom Vergangenen, sprach
ich, als ich sprach.

*

Ich bin der Zögling meiner Illusionen,
bin der Trottel meines Ehrgeizes,
der Abgesandte meiner Ratlosigkeit.

★

Ortsprolog, idyllenstill, Tag,
dem nichts zu fehlen scheint als
sein krähenschwarzer Abzählstrich.

★

Die Schüsseln
an den Außenwänden:
Geistesblitzableiter.

★

Auf der Aschenbahn, wo auf der Ziellinie
die Wurmlänge einer Zehntelsekunde entscheidet,
läuft ein Umrundeter, das ganze Feld im Rücken,
für ein paar Augenblicke einsam an der Spitze.

★

Der Leichensager, von Haus zu Haus
mit seiner Nachricht, für eine Handvoll Mehl:
ein ausgestorbenes Armenamt.

★

Wenn du dich stichst
an einem Nadelstreifen dieses Anzuges,
fällst du in einen hundertjährigen Schlaf.

★

Was in keinem Lebenselixier je fehlen durfte:
Schweißperlen von der Stirn eines Hofnarren,
drei Tränen eines sitzengelassenen Mädchens,
von einer Nottaufe ein Weihwassertropfen.

★

Wie schön du zu leicht angezogen warst,
dagestanden bist mit blauen Lippen,
als hätt die Kälte dich geküßt.

★

Der Wolf ist tot,
singen die Geißlein,
als gäb es nur einen.

★

Riegeldumm,
dies Seufzerwort,
mit dem wir uns
verschlossen.

★

Das Unterhaltenwerden
streut mir Zucker
in die Wunden.

★

Das Entkommen
höher ansetzen als
das Einkommen.

★

Mich erinnert
das Affenhaar,
der Fellrest auf
meiner Brust.

★

Frohen Mutes, Gockelfrisur und Farbgejaul:
viel mehr fand sich heut nicht
im Fusselsieb der Sprache.

★

Die Oberfläche starr im Licht, du kannst
nur noch eintauchen jetzt oder untergehen.

★

Das Babyöl
auf dem Nachttisch
bettlägriger Greise.

*

Formularkästchen und Zellengrundrisse.

*

Mein Fremderhaltungstrieb.

*

Am Festende, vor dem Stilleben
der nicht abgeholten Tombolapreise:
die eigene Wahrnehmung betrachten.

*

Jammerschönes,
Wenigvieles.

*

Aber eine Rose aus dem Garten einer Suchtklinik,
Trockendock, so sagen wegweisend die Leute vom Ort,
solch eine Rose ist keine Rose wie eine Rose.

*

Die schiefe Hauswand, mit dem Fenster,
das sich nicht mehr öffnen ließ: worüber
hat sie all die Jahre meditiert.

*

Der Wicht in allem Wichtigen.

*

Großmutter ihr Antoniusamulett:
was ich verloren habe,
findet mich.

*

Zenitdistanzen, Zwiebelhäute.

*

Meine handschriftliche Datierung:
der Anker am Tagesrand.

XII

Im Familienalbum blättern

Wahrzeichen

Weithin
der hohe Kirchturm,
seine Glocken, die läuteten
zu Taufen und zum Tod,
darunter wir,
eine Kindheit entlang
schauend, empor
zu seiner Spitze,
bis zwischen Licht und Wolken
er für immer anfing,
still zu schwanken.

Reisesegen

Rhabarberstauden werfen einen Palmblattschatten,
und die Wetterhexe liegt im Sonnenstudio,
solang bis der Weiher eine Eisglatze hat.

Und jede Weltreise beginnt auf einem Dreirad,
eine staubige Hauptstraße hinunter,
an drei Misthäufen vorbei.

Und nur im Koffer ohne Boden
wär alles mitnehmbar.

Schnapszahlendreher

Verflossene Liebschaften erinnern sich deiner,
die Schnecken blasen zur Aufholjagd, Jahresringe,
Stirnfalten und Kerzenstummel, weithin zurück,
zur Einkleidung hin, wo´s ein Adamskostüm gab,
als du saßest vor den Schochen der Kinderteller,
und Zählstriche verschwanden in Ameisenritzen,
Luftschiffer: willst du damals noch werden.

Ufer

Wir sehen ihm nach,
dem Stein, wie er hüpft
auf dem Wasser, so
leicht aus dem Gelenk
meiner Hand, die dir
vorhin noch strich
übers Haar.

Augenblick

Stell deine Schuhe zu meinen, Spitze gegen Spitze,
Wie sie uns trugen aufeinander zu, aufeinander zu.

BERND JENTZSCH

für Jutta

Frühmorgens, nachdem du aufgestanden bist im Dunkeln, leise, um mich nicht zu wecken, auf der Bettkante sitzend dir den Schlaf aus den Augen gerieben hast: bleib so stehen, jetzt, dort am Fenster, wie du den Vorhang einen Spalt zur Seite schiebst, um hinauszusehen, ob Schnee gefallen ist, während die Katze dir um die Füße streicht, weil sie Hunger hat, ein scheuer Lichtschein deine Brüste berührt, und du ihn hereinläßt, den Tag.

Stapel

Das Anrührende
dieses kleinen Stapels,

auf dem Hocker neben dem Bett,
ganz akkurat zusammengelegt,

farblich abgestimmte Zuversicht:

die für den morgigen Tag
herausgesuchten, viel zu leichten
Anziehsachen.

Kartonage

Es braucht so wenig,
fast nichts, und das Fastnichts
ist nicht mehr als ein sperriger Karton,
in dem die Gefriertruhe angeliefert wurde.

Mit dem gezackten Brotmesser
Fensterläden ausgeschnitten und ein Türeck,
durch das der Vierjährige hindurchpaßt.

Eine Schutzhütte jetzt
auf dem Weg vom Bett zum Schrank.

Die Herzkammer des Zimmers,
ein Rückzugsort.

Polarstation, Kajüte, Einsiedlerhöhle, Basislager.

Als Lichtquelle baumelt die Taschenlampe
am durchgezogenen Bindfaden.

Die Chipsvorräte reichen bis morgen,
und Morgen und Abend
sind die Ufer
des Tages.

Suchbild

Beim Staubwischen
für einen Moment ausruhen
im Jugendzimmer der Tochter.

Die, unterwegs mit schwerem Rucksack,
auf Ziegenfarmen arbeitet, Bärenspray bei sich hat,
vor dem verirrten Elch in der Parkbucht stehenblieb,
und im letzten Brief schreibt, daß die Kontinente
wie Puzzleteile zusammenpassen.

Das Porträt von ihrem Weihnachtsbäumchen mitschickte:
ein nadelnder Tannenzweig in einer leeren Weinflasche.

Und dort, wo sie gerade ist,
aufsteht, wenn wir müde sind,
sich hinlegt, wenn wir aufwachen.

Während du hier, als hieltest du Wache,
dich auf dem Breitengrad der Bettkante befindest.

Wie ein Suchbild
das Zahnlückenphoto vom Voltigieren betrachtest,
auf dem sie mit ausgebreiteten Armen
erste Flugübungen macht.

Das Pferd, von dem sie damals träumte
und das sie nie bekam, scharrt jetzt
mit dem rechten Vorderhuf.

Gegenbild

Ein anderer Sonntagmorgen, Gegenbild,
kindheitsselig, nach dem Kirchgang gleich,
daheim das nachgespielte Ritual.

Die Holzkiste, durch eine Kerze
erhoben zum Altar. Von Wäscheklammern
zusammengehaltene Handtücher als Meßgewand.

Wahrlich, wahrlich, wiederholte ich.
Und wußte nichts weiter zu sagen.

Einer Kondensmilchdose inneres
Steinchengeschepper, damit machte
die Schwester, unwilliger Ministrant,
den Schellenklang zur Wandlung.

Großmutter, auf den zukünftigen Pfarrer stolz.
Großvater, ein mürrischer Himmelspförtner.
Vater, der nach dreimaligem Rufen erst kam.
Mutter, wie dir die Nudeln verkochten.

Ihr, als ihr euch allesamt so aufgestellt habt:
der Familienbilder schönstes, noch
von nichts gerahmt.

Allesamt.

Dastandet, in einer Reihe, im wunderlichen Warten
auf das endliche Austeilen
der Backoblaten.

Beim Äpfelbrechen

Noch so leicht bist du, daß
der dünne Astarm dich aushält.

Wie das verweilende Herbstlicht
diesen Nachmittag durchleuchtet.

Heraufschauend deine Eltern:
die Wetterseite ihrer Gesichter.

Die paar ganz oben, laß sie
hängen für die Wintervögel.

Tradiert

Auf dem Kartoffelacker,
wenn bei den letzten Reihen
doch noch der Regen niederging,

habt ihr euch alte Säcke
über den Kopf gezogen
und weitergehackt,

von weitem, sagst du,
hättet ihr in diesen Kutten
ausgesehn wie Bettelmönche.

Mit abgenommener Brille

Seh ich einen Witwer sich bücken, unterm
Küchentisch etwas wie Zeitkrümel aufzulesen,

hin, über die aufgeschlagene Zeitung, schleppen
Buchstabenameisen den Tag zu den Tagen,

im Fernsehsessel, sein kurzer Fortschlaf nur,
zerfließt der flimmernde Kasten zum Farbtrog,

im Gang die verschwommenen Ahnen, schauen
jemandem entgegen, jemandem hinterher,

Katzenspuren und die eignen Fußstapfen, die ihm
über Nacht vorm Haus den Schnee chiffrieren.

Psalm, 90,10

Es ist
der Tag vorm
Abschalten der Apparate,
dem Ziehen der Schläuche,
der endlosen Geraden
des Monitorstrichs.

Der Pfleger leuchtet
in den Augabgrund.

Hat eine Erklärung dafür,
warum die Lider noch flattern
beim Rufen des Namens.

Die abgegriffene Bibel des Krankenhauspfarrers:
Grashalme und eine Taubenfeder
als Seitenzeichen.

Trauerkarten

Das dunkle Stellwerk
mit den eingeworfenen Scheiben
an der stillgelegten Strecke: davon
ein paar Silhouettenstriche mitnehmen
für den Trauerrand.

Auf der Kinderzeichnung im Kondolenzbuch
dienen Grabkerzen dem All als Positionslichter,
hängt der Himmel in Wolkenfetzen, stiehlt
das Friedhofseichhörnchen Vogelfutter.

Nach vier Wochen,
so der Gehilfe des Bestatters,
hat sich der Erdbuckel gesenkt.

Zwischen den beiden Jahreszahlen:
die Fließrichtung des Bindestrichs,
der schmale Steg,
die Zeitkapsel.

XIII

Figurenkabinett

Kleine Studie

Reglos,
im abgebrochenen Spiel,
diese verbliebenen Figuren.

Über Nacht
ist aus ihrem Warten
ein Ausharren geworden.

Im Raum
tut alles Abgewandte so,
als wüßte es den nächsten Zug.

Ein Stilleben,
wär nicht die Stubenfliege,
die unbehelligt durch die Reihen läuft.

Kostümverleih

Indianerschmerz
aus hügelfernen Tagen,
Präriegras wogt in jedem Hinterhof.

Uralt eine Schildkröte,
verkrochen unterm Soldatenhelm.

Meines Ritters Wappentier
sei eine verschmuste Katze.

Was wärst du lieber:
Großwildjäger oder Angler,
Angler oder Schmetterlingsfänger.

Such dir einen Namen für mich aus
und sag mir, wie du heißen möchtest.

Mit solchem Bart bin ich der Kapitän
des Schleppkahns, der die Wolken zieht.

Verlorene Söhne

Die Scherbenhaufen der Polterabende durchwatend,
manchmal mit dem Hinken abgestürzter Nesthocker,
sind wir eine blühende Verästelung am Stammbaum,
die ins Leere treibt, unsere wenigen Abschiedsworte
unverständlich mit einer Kompaßnadel hineingeritzt
in den Verputz der Friedhofsmauer, nahe jener Stelle,
wo Löwenzahn wächst für die Hasen der Großmutter.

Onkelhymne

Wer wie er
Erstgeborener war und Nachzügler in einem,
Päckchensuppen anrührt und mit Fleckensalz würzt,
das Herbstlaub in den Dachrinnen einfach faulen läßt,
weiterhin so tut, als würd er auf die Letztbeste warten,
einmal rote Schnallenschuhe kaufte für sein Patenkind,
und so allein ist mit sich, daß er
daheim wenigstens immer eine Einsamkeit hat,
als wie jemand mit dem er jederzeit anstoßen kann
und der ihm entgegnet: was eh zukommt auf dich,
dem brauchst du nicht auch noch
entgegenzugehn.

Vollmondmedikation

Das gelbe Auge
eine bösen Blickes
schaut herein zu allen Fenstern.

Der Hund in ihrem Bauch
fängt an zu winseln, barfuß
singt sie ihm ein Wiegenlied.

Da fällt es ihr plötzlich wieder ein, wer sie
gestohlen hat, gestern vor fünfzig Jahren,
die goldene Brosche.

Eine Brennsuppe will sie jetzt.
Und ihr Testament ändern lassen.

Durchsucht die klemmenden Schubladen
nach einem Pechfaden: was damit
unbedingt vernäht werden muß,
weiß sie nicht mehr.

Erscheinung

Nur um mir zu zeigen, wer wem
vergilbt geschnitten ist aus dem Gesicht,
steht sie da,
zusammenkneifend ihre Augen
im Grubenlicht des Nachmittags,
das die Konturen schief verrückt
der wackeligen Möbel,
zieht mich am Arm
durch diese säuerliche Luft
zum Stubenfenster hin,
steht da
mit leicht verrutschender Perücke,
Haarbüscheln, die darin fehlen,
steht sie da,
eine achtzigjährige Ophelia,
und redet von Vermißten,
zeigt auf gesenkte Häupter,
auf Gestalten, deren Namen
nur noch geläufig sind vom Kriegerdenkmal her,
steht da
und hält die Photoecken in der Hand
wie einen Zipfel
von der Zeit,
aus der sie
kommt, in
die sie
geht.

Alter Mann, am Bankomat

Knöchleingeste: dem Apparat
die Karte entgegenzustrecken.

So, in Hausschlappen dastehend,
als Geheimzahl ein Kriegsjahr eingeben.

Das Zeitkonto, bevor es gesperrt wird,
noch um ein paar Jubeltage überziehen.

Habenseite des Verlustes, plusminus
sein Lächeln, als was Verheiltes im Gesicht.

Nur die ausgespuckte Scheinchensumme bleibt,
auch dreimal nachgezählt, immer gleich.

Spitzweg: Aschermittwoch

(um 1855–60, Staatsgalerie Stuttgart)

Ausgenüchtertes Grau,
das Zellengitter ein Lichtsieb,
derweil der Tag mit der Sonne poussiert.

Im Harlekinskostüm, das nicht wärmt,
zusammengesunken in sich, die Knochen
drücken längst durch sein Sitzfleisch.

Wein eingeschenkt in den Würfelbecher, Schnaps,
der schmeckte nach Wasser aus einem Weiher,
darin ein Mädchen Katzenjunge ersäuft hat.

Die Gendarmen, die keinen Unterschied machen
zwischen Trunkenheit und Besoffensein.

Seine Unschuld beteuern oder seine Liebe,
es wär derselbe Tonfall: was weiß
die letzte Nacht schon von ihm.

Nüchternheitsprobe

Der Wirt poliert die Brauereischriftzüge
von den Gläsern ab, die Bedienung
betrachtet ihre Nagelmonde.

Überm Thekenlicht, Jahr an Jahr, lauschen
auf den Urlaubskarten Meere der
eignen Wellenlakonik.

Vor einem, der jedes Bier einzeln zahlt,
läuft eine Mücke im Tischtuchmuster
herum wie in einem Labyrinth.

Was Schwatzbase, Heulsuse und Schnapsdrossel einander erzählen

Daß es Bodennebel gab im ehelichen Schlafzimmer. Daß die Sprühsahne nach Rasierschaum schmeckte. Daß eine Schutzbehauptung eine Notlüge aufwiegt. Daß sich hochdeutsche Brokken durch die Spätzlespresse drücken lassen. Daß er jetzt das Gesprang damit habe und sie danach gucken könne. Daß manchmal auch die Null eine Glückszahl sei. Daß es eben solche gibt und sottige, die einen es sich zu schwer machen, die anderen es nicht grad leicht haben. Daß man ums tägliche Brot bitte und nicht um das von morgen. Daß am Vorabend seines Todes einer die Lumpensäcke im Keller durchwühlte. Daß die Guggenmusik jedwedes Streichorchester vertreibt. Daß Bischofsgehalt und Mesnerverdienst eigentlich gleich zu sein hätten. Daß bodenschlecht wenigstens besser wäre als erdenmind. Daß im Nachhinein gesehen, alles schon von vornherein klar war. Daß auch ungewollte Wunschkinder geboren werden. Daß selbst die Schwermut ihre Südseite hat.

Spukzimmer

Die Herzkammer eines Hauses kann ein Waffenschrank sein, ein Tresor, eine Bibliothek. Oder ein Spukzimmer wie dieses, mit Staubnestern unter abgedeckten Sesseln, dem verbeulten Tropenhelm auf der Hutablage, einem Uhrenkasten, stumm wie ein hochkanter Sarg, und dem verstimmten, von Spinnen behüteten Klavier, das sich sehnt nach seinem schönsten Wiesengrunde. Daneben hält niemand Sitzwache vor dem leeren Bett. Auf dessen Nachttisch, angestrichen in einer mitgenommenen Hotelbibel, Matthäus 4,9: *Das alles will ich dir geben.* Was sich wie offenbart unterm frischbezogenen Kopfkissen sind jedoch höchstens uralte Kontoauszüge, Spielwürfel, eine abgeknickte Pfauenfeder und ein Bleistiftstummel. Die Tür der Tür schließt sich im antiken Wandspiegel gegenüber, der da ist, damit du endlich hineinschaust und im Figurenkabinett seiner Ahnenforschung das Gesicht eines Stallknechts wiederfändest, der sich einstmals zum Bierkutscher befreite, wovon, durch lebenslange Gegenwinde abgeschliffen, deine kantigen Wangenknochen herrühren könnten.

Betrachtung

Eine Scheunenwand, die vollgehängt ist mit Plakaten, einem Flickenteppich aus Veranstaltungen. Einfach, im Lauf der Zeit, die aktuellen auf die alten draufgekleistert, später hingetuckert. Ein Gemisch aus Verkaufsmessen, Preisbinokelabenden, Rockkonzerten, Sichelhenken, die sich von Woche zu Woche zudecken. Bis dann ein Sturmwind über Nacht ein paar Schichten abreißt, und darunter, wie ein Nimmerleinstag, übermorgen vor zehn Jahren, ein Tanz in den Mai angekündigt ist, bei dem Zwei, die vielleicht lang schon wieder auseinander sind, sich zum ersten Mal sehen werden.

Aus den Erinnerungen des Leadsängers

Das Dahintreiben zwischen den wogenden Höhen und den übersteuerten Tiefen des Mischpultes. An jedem Wochenende aufgetreten, ein heiserer Mikrofonrecke, mit seiner Walfischgräte im Hals. Zugige Festzelte, beheizte Turnhallen, umdekorierte Sportheime. Es war die Zeit, als auch das Falsche seine Richtigkeit hatte, man noch Wildlederjacken trug, Jackycola trank, und keiner auf den Gedanken gekommen wäre, sich eine Narbe tätowieren zu lassen. Unser Keyboarder saß auf dem Melkschemel seines Klavierhockers, der Drummer war angehender Versicherungskaufmann, die Bassgitarre trank bloß sauren Sprudel. Fünf Vollzeitstellen, um am Wochenende von der Musik zu leben, als ergäben zwei Halbheiten dann etwas Ganzes. Desperados hieß unsre Coverband, Rhythmenboys waren wir, angekündigt als die Melodystars. Akkorde wie rasselnde Ankerketten. Gitarrenriffs, an denen die Arbeitswoche zerschellte. Bassfiguren, die den Schlangenbeschwörer imitierten vorm Beatmungsschlauch. Nur beim Spielen hallten die Abwehrkräfte nach, die einen Lieblingssong davor bewahren konnten, Kaufhausmusik zu werden. Und lange erst nachdem wir uns aufgelöst hatten, dämmerte es in mir, daß das Schönste am Schönen dieser Jahre die frühmorgendlichen Heimfahrten im Bandbus waren, die über die Landstraßen hin führten, statt auf den Krampfadern der Autobahn, als wir die Stille aufdrehten, bis sie im Wageninnern dröhnte, in den Schneefall hineinfuhren wie in das tonlose Rauschen eines Senders.

Plakatmime

Jetzt, die Welt ist eingemeindet und die Hintergründe wetterleuchten. Ein Schriftzug nur trennt die Wortspreu vom Gesagten. Unbeirrt vermag ich darüber hinweg zu weisen, von jedem Laternenpfahl aus, kompetent in Richtung Ortsausgang. Und mit derselben Miene auf eine leere Einkaufspassage, auf einen Kostenfaktor, einen schlafenden Säugling, einen Flohzirkus. Der ich, mit meinem Gesicht, doch eigentlich genausogut auch hätte Musterungsarzt werden können oder sogar Heiratsvermittler. Und nun denn also, zuletzt mit meinem Weitblick, der schroff endet an der Betonerloschenheit der Hausfassade gegenüber, hier aushalten muß: eingezognen Bauches, unter seriösen Wolken, mit schwarz angemalten Zähnen und einem Fahnenmast als Rückgrat, auf den Zinnen der Prinzipien, an dieser windigen Kreuzung, bis Efeu an mir hochwächst, wohlan.

Die Klofrau zählt ihre Münzen

Brunzstrahlellipsen. Prostatageplätscher. Und Klosteine unter die Motorhaube gehängt: daß deren Geruch Marder abhalten würde. An den Pißbecken stehen noch ein letzter Wanderprediger, der sich selbst zuhört, und ein schwankender Mehlsack, der seine Strafrunde um den Häuserblock läuft. Männer halt, die aus ihrem Seelendikkicht treten, ihre Stirnen an den kalten Kacheln kühlen, manchmal von der schrägen Seite meinen Wischmob anreden, und mit offenem Hosenladen kommen oder mit offenem Hosenladen gehen. Das ist kein Urteil. Urteile sollte man, wenn überhaupt, nur aussprechen mit einer Praline im Mund. Eine Packung davon muß mir reichen über den ganzen Tag. Was danach abends bleibt, Geberlaune eines Habenichtses, Majestätsbeleidigung für jeden Bettler, klaube ich aus dem Teller hier zusammen, stapele ich vor mich hin zu kleinen Säulen, zu wackeligen Türmen.

Die Särge

Solch frühe Winter, wenn mein Vater keine großen Aufträge mehr bekam, erinnert im Krankenhaus zittrig die Bettnachbarin, lediggebliebene Tochter des letzten Schreiners am Ort, als müsse sie es sich selbst noch einmal erzählen. Wenn er, sagt sie gegen die weiße Decke hin, das Abfallholz, um daraus meinen Brüdern ein paar Holzschwerter zu machen, schon verfeuert hatte. Und nach seinem Mittagsschlaf das Licht bereits eh zu schwach war zum Weiterarbeiten. Dann verblieb bis zum Vesperläuten die restwarme Werkstatt für uns. Und darüber, auf dem Dachboden bei den trockenen Brettern, lagerten sie also, auf Vorrat angefertigt: wie seltsame Kähne, unsere kleine Flotte. Manchmal schliefen eingerollt die Katzen darin. Beim Verschlupfen, das allerschönste Gefundenwerden, wenn der Deckel sich langsam hob. Wie oft saßen wir auf ihnen herum und heckten etwas aus. Erst als die Dämmerung entwich und in Kellerlöchern versickerte, wurde nach uns gerufen.

Dreitagebart

Ich, an meiner Stelle, wüßte auch nicht weiter. Denkerstirn gegen Bierbauch. Oder daß einem vielleicht ein Männergeweih wachsen könnte. Meinem Leumund zumindest müßte ich bekannt sein, seitdem er mich kennt. Ein Gesicht also, als würd man nach sich selber fahnden. In den Augen eines jeden Schalterbeamten sehe ich mich so. Das Erreichbare, das Erfüllbare: Weite oder Tiefe. Und schau, dies mein stupfliges Lächeln gab es doch schon, als man noch keine Beziehungen einging, sondern Liebschaften hatte. Als die Mädchen noch barfuß und mit wehenden Röcken rannten über ein abgeerntetes Stoppelfeld.

Seiltänzer

Angefangen habe ich, Kindesbeine auf Dielenbrettern, über dem dunklen Schlund von Baugruben. Als früheste Balancierstangen dienten Bohnenstecken, gerissene Hochsprunglatten. Vor dem ersten Schritt, mit dem ich den Abgrund erschaffe, prägen sich mir die Lineaturen der Dächer ein, dann kommt es weiter nur auf den jeweils nächsten an. Über diesem Höhenstrich, dieser unterstrichenen Höhe, verwischt sich die Klangfarbe des Windes, der Ton der Luft. Macke malte mich so, später Klee. Klee, der nachfragte, ob mir vor etwas himmelsangst sei, hat mir das feine Geflecht konstruiert, aus dem das Gleichgewicht besteht. Macke fand durch mich die Mitte des Lichts, das von der Zugewandtheit der heraufschauenden Gesichter widerscheint. Bei Föhn spür ich manchmal die Flügelstümpfe meiner Schulterblätter. Mein, wie eines jeden Seiltänzers Traum ist es, irgendwann auf der Horizontlinie entlang fortzugehen.

Laufstil

Laufen ist für ihn eine andere Art von Nachdenken. Im Schatten der Hochhäuser spricht der Langstreckenläufer von seinen Anfängen. Assela, ein Dorf in Äthiopien. Zehn Kilometer sind es bis zur Schule, durch den Wald mit seinen Vögeln, über einen Fluß. Wochentags diese Strecke, hin und zurück. Hält die Schulbücher dabei in der linken Hand. Das sehe man bis heute seinem Laufstil an, bekennt er lachend. Mit der linken Hand hole er nämlich weit weniger aus als mit der rechten. Wenn er lacht, schimmert sein Knabengesicht durch. Mitte Dreißig ist er jetzt. Von Weltrekord zu Olympiasieg, New York, Berlin, durch Straßenschluchten, im Stadionrund: bei jedem Lauf, auf allen Strecken, läuft er in abendlicher Stille an fernen Gazellen vorbei, an den Hyänen im morgendlichen Winterdunkel.

In ein hingehaltenes Mikro sprechen

Mit meiner Schnabelverkrümmung. Als wüßte ich, was ich weiß. Den Halbton zwischen Bleistift und Bleibe anstimmen. Daß die Wahrnehmung ausgeht von einem Detail oder hinführt zu einem Detail, fällt mir erst hinterher ein. Gleichgewicht und Gegenlicht. Daß ich halt Sinneseindrücke sammle, Kitschpostkarten, Tagesmottos. Ich das Double meines Doppelgängers bin. Schreibunterlagen auf stammelndem Geröll liegen. In der Kindheit schwarze Katzen Mohrle hießen und man Augen von Schneemännern ins Ofenfeuer warf. Mein Sermon zur Schwere des Leichten: geht unter, versinkt im seichten Redefluß, an dessen Uferböschung ich zurückbleib. Derweil ich während sage, die gestellte Frage rückhallt, äst ein Reh in meinem Stocken, quert ein Keiler einen Nebensatz. Verhaspelnd tauch ich mit der langen Schapf nach einem Wort in mir. Müsste um eine Lebenshälfte lang Bedenkzeit bitten. Druckreif schweigen können seit dem Rhetorikkurs.

Frühschwimmer

Ein paar asketische Birkenstriche inmitten der taunassen Liegewiese. Um das Becken die Streckbänke der leeren Sonnenliegen. Stunde, in der man anderswo zu Bergtouren aufbricht, in der Marktstände aufgebaut werden, und Schüler, die ihre Monatskarte verloren haben, gleich lärmend hinten einsteigen. Die ruhige Fläche aber glitzert vor dem Eintauchen, das Wasser hat noch seine durchsichtige Haut. Die Armbanduhr auf dem Handtuchfleck abgelegt, krault er stromaufwärts, eine morgendliche Ärmelkanaletappe. Schraffiert eine Längsrichtung ins Licht, zieht seine einsamen Bahnen. Schwimmt sich einen Vorsprung heraus, der halten wird über den Tag.

Entscheiden

Vielleicht sollte der Herr sich endlich mal entscheiden, hatte seine Frau heute morgen aufgeseufzt und die Tür hinter sich zugeworfen. Durchatmend erblickte, gewahrte seine Unschlüssigkeit daraufhin auf dem First gegenüber zwei Tauben. Ein gurrendes Ja, ein gleichsames Nein. Bis eine schließlich zuerst aufflog. Zurück in Richtung eines Kindheitssommers, wo sie herabsah, als er mit den Freunden halblebige Tage auf den Eingangsstufen des Gasthofes verbrachte, das Bassin mit den Bachforellen vor Augen, das Öffnen der Münder, das langsame Vorbeigleiten, dies tonlose Programm. Von ihnen Dreien hatte sich jeder eine ausgesucht, um mit ihr zu bangen: die etwas kleinere mit den schillernden Schuppen, die mit den weitesten Kiemen und die mit der eingerissenen Bauchflosse, die seine gewesen war. Von hier außen, dieser ereignislosen Warte aus, wo Feriengäste vorbeispazierten und in der Mittagshitze der Straßenteer aufweichte, brach sich dann der ins Wasser eintauchende Kescher des Jungkochs, wenn der unvermittelt eine herausfischen mußte.

Späte Stunde

Vor dich hinsinnierend, über den Augenblick vielleicht, weil der sich nirgends einzwängen läßt. Ein Schweben altersmelancholisch intus. Du, in diesem weitgewordenen Schlafanzug, den deine Enkel Jahre später anziehen: als Ausgehuniform, zur Fasnet. Wie du dasitzt und mitansiehst, wie auf dem kalten Küchenboden, vor dem verleerten Schucker Milch, die Katze ausgehungert ihren Schatten aufleckt. Während durchs gekippte Fenster das Metronomgeräusch dringt der Kastanien, die auf das Vordach fallen. Der Gangspiegel, die halbdunkle Tür darin, als ein Durchlaß erscheint.

XIV

Photographisches

In der Photographie ist, wie anderswo auch, der Augenblick seine eigene Frage und gleichzeitig seine Antwort. …
Es gibt nichts auf der Welt, das nicht einen entscheidenden Augenblick hätte.

HENRI CARTIER-BRESSON

Photographisch

Was wir sehen, ist nicht, was wir
sehen, sondern das, was wir sind.
FERNANDO PESSOA

Die Luftlinie, mit der ein Kran auf eine Baumchiffre verweist. Das Muster der Wendespuren im Acker. Der Winkel, den zwei rote Bänke aneinander ausmessen. Ein strikter Grünstreifen. Die Stromleitungen als Horizontparallelen. Eine Geometrie also, von dem ausgehend, was da ist. Aber was ist das, was da ist, was du siehst, was sich zeigt. Wenn eine müde Straßenlampe auftaucht, die darauf zu achten hat, daß zwei Wohnblöcke ihren Abstand einhalten. Neun Zwerge in einem Vorgarten, die keinerlei Putschplan haben. Die erblindeten Fenster einer Gastwirtschaft. Eine Legion verblühter Sonnenblumen. Die Fellfarbe der Scheunenwand. Eine geltungsbedürftige Bauruine. Das schläfrige Feuerwehrhaus. Mittagsstunden, die eine Balkoneinsamkeit belagern. Die Himmelsbühne mit ihrem Wolkentheater.

Blende

Du mußt eben das richtige Lichtverhältnis abwarten, damit ein Krauthobel, in einer Kellerecke vergessen, wie ein spinnwebüberzogenes Zeitscharnier erscheint. Oder der abendliche Vorplatz, mit dem Schatten der Kastanie, der Kirchenmauer als Hintergrund, in seiner Leere plötzlich ein Gruppenbild ist mit lauter Abwesenden. Und der Junge, der gleich ums Rumgucken Hochwasserhosen tragen wird, allein gegen die kahle Hauswand dasteht, seit ewig und einem Augenblick, also immer schon, und mit einem seltsam verzierten Trichter oder Füllhorn in der Hand lächelt, tapfer, seine ganzen Schuljahre noch vor sich, für den einen Lernschritt hin zum Unbenotbaren.

Urlaubsphotos

Pinienstelen, hügeliger Namenszug, der Eichstrich des Horizonts, angekläffte Steine, und der herrenlose Hund, der dir nachlief: das, was er von dir wußte, in Teile zerschnipfeln, die Teile in Teilchen, die ein Windstoß ordnen soll, bis dann die Nachsaison übergeht in die Vorsaison, ein flüchtiges Lächeln sich einpassen möchte in ein Medaillon, eine verwackelte Turmuhr immer dieselbe Stunde anzeigt, und von einem gähnenden Aushilfskellner, der sich nachher zu seinen Ungunsten verrechnen wird, in ihre Gegenständlichkeit hineingestellt, solch eine angeschlagene Espressotasse vor dir steht, Detail eines Details, ihr schwarzer Punkt, die Morgenmitte.

Automatenpaßphoto

Gar nichts erwidern. Der Lippenstrich, parallel zur Horizontale der Stirnfalte. Meine Gedanken, sie schweifen durch den Traum eines schlafenden Wachhundes. Vielleicht sieht man mir an, daß ich vorher am Bahnsteig ein Kind ansah, das rosanes Eis geschlotzt hat. Garnichts ist nur das Zigfache von nichts. Als ich noch dichte Haare hatte, hab ich den Hennen für meinen Kopfschmuck eine Adlerfeder ausgerupft. Mich verjüngt kein Zahlendreher. Mich gibt es nicht. Ich bin bloß da. Und blicke in das Drachenauge dieses Tages.

Hobbyphotograph

Auf seinen Bildern, zu denen er anmerkt, es gehe ihm um das Wesentliche und im Wesentlichen um den Nennwert des Gesehenen, um die Aura des Augenblicks, macht vorm Haus der Sitzplatz auf der Mauer die Örtlichkeit zur Niederung. Erweist sich jeder Urlaubsfels als Stoiker. Lächelt ein Jubilar durch das Kellerloch seines Hochgefühls. Heckt eine dämmrige Baumgruppe etwas aus. Hängt an irgendeiner Garderobe ein Wolfspelz neben einem Zwangsjäckchen und einer Marsyashaut. Könnten die Hotelzimmer einer Dienstreise genausogut auch möblierte Lebendfallen sein. Hüten ein paar leere Stuhlreihen ein Lichtgeheimnis. Starrt der kranke Nachbar an allem vorbei auf den Eisberg in seinem Garten. Erteilen die Statuen im Schloßpark der Ferne eine Anweisung. Ist der Himmel ein blaues Klaffen über den Dächern.

Einen Feuerlöscher photographieren

Blütenstaub, Saharasand als Gelbhauch auf den Bistrotischen, rundum angekettet die Stühle, damit keiner sich davonstiehlt, keiner abhaut über Nacht. An solch einer Eckkneipe vorbei, nach einer veralteten Adresse suchend. Einer der Wohnblöcke dahinter, die im Blickfeld des zuplakatierten Verteilerkastens Scheinriesen imitieren, müßte es sein. Verbeulte Briefkästen, in denen wohl noch nie ein Grauschnäpper genistet hat. Durchs leere Treppenhaus hallt der Schreckschuß einer zufallenden Tür. Hier am Aufgang, in einer Nische von umgefallenen Fahrrädern und einem Kinderwagen zugestellt, in seiner angerosteten Verankerung durch ein Spinnennetz gehalten, war es, als würde der verstaubte Feuerlöscher, laut Prüfplakette letztmalig vor zwölf Jahren ausgetauscht, mit seiner Verstummtheit danach fragen: hinter welchem Alltag du dich verschanzt, auf welch verlorenem Posten du eigentlich stehst.

Photorealistisch

Man hat den Wetterfrosch in seinem Einmachglas verhungern lassen. Seitdem verharrt hinterm Haus die Tischtennisplatte im nieselnden Dauerregen. Der Griff des liegengelassenen Schlägers ragt über die Kante hinaus ins Ungefähre. Die Netzlinie deutet einen durchhängenden Längengrad an. Der verschlagene Schmetterball, ein weißer Ruhepunkt, schimmert drüben im Gras. Daß niemand ihn aufhebt, niemand mehr sucht nach ihm, verformt ihn zum Sujet einer Verlassenheit.

Blickachse

Der jugendliche Pfandflaschensammler auf dem Festivalgelände. Die alte Frau, die Fallobst aufliest. Pflegehelferinnen, wenn sie Fußnägel schneiden. Der Ächzende, der nach den beim Mischeln runtergefallenen Karten greift. Ährenleserinnen auf einer ausgebleichten Reproduktion. Derjenige, der die restlichen Konfettischnipsel aufklaubt. Kinder, die den Herbst nach Kastanien absuchen. Großmütter beim Ausgrasen. Jemand, der statt bewahren lieber aufheben sagt. Sie alle. Sie alle bücken sich. Bücken sich der Erde entgegen.

Sofortbild

Eine Zigarette als glimmendes Positionslicht. Ringe hat uns die vergangene Nacht um die Augen gemalt. Deine Armbanduhr, noch ohne Zifferblatt und ohne Zeiger. Ein Schluck Finsternis ist es, den du lachend trinkst aus einem Colaglas. Mein Kopf so seltsam von dir weggeneigt, als hätten Marionettenschnüre sich verheddert über mir. Anwachsend, aus dem Hintergrundschatten, der Umriß einer Wand. Gegangen müssen wir sein. Bevor dies alles nachdunkelt.

Spindphoto

Windflaum, Lichthauch, das Umbragefühl der Erde. Frühere Bildersprachen deuteten mit einem Pinscher auf die fleischliche Sünde. Und die verschlossene Schublade des Nähkästchens spielte auf die Jungfräulichkeit an. *Größers wolltest auch du*: wie etwa dies als Liebesformel, als Zölibatsfetzen erklänge aus ihrem weltlichen Mund. So alleinig an die borkige Schräge gelehnt, damit selbst Trauerweiden herüberschielen. Für die Uferlinie stand der Photograph knietief im Wasser. Ihren weichen Hautschimmer retuschierte allenfalls ein algengrüner Bikini. Hier, nimm meine Augenklappe als Feigenblatt.

Porträtphoto

Nein, nicht so, so am Schreibtisch, als fändest du gerade einen Zufallsreim wie Lethargie und Liturgie. Auch nicht eingesunken sitzend im Cockpit deines Lesesessels. Und keines, das wirkt wie im Herbstlicht neben dem Ortsschild Orplidshausen. Keine Felsgrimasse und kein Zitruslächeln. Es ist die Zeit dir davongelaufen und um sie einzuholen, bist du stehengeblieben. Deshalb stehst du hier. Trägst deine altmodische Brille. Die mit der Gleitsicht auf Vergangenheit und Gegenwart. Schaust in das Wehmir dieses Tages. Schaust an allem vorbei. Als sähest du, den Blick dir daran schärfend, auf einen Torso, auf eine Ruine oder ein Wrack. Auf der Hintergrundlinie der leicht verschwommenen Fensterbank setzen wir einen unscheinbaren Fluchtpunkt. Vielleicht ein leeres Schneckenhaus aus deinem Garten. Weil es das Zugtier der Langsamkeit ist.

Motiv

Früher, Damals, Einst:
drei verschiedene Belichtungszeiten,

welche soll ich nehmen
für den Schattenstrich deines
eingehängten Spazierstocks,

ein baumelnder Winkel
an der Garderobe
im kalten Gang,

als wäre es das, was ich sehen werde,

wenn ich sehe,
was ich sah.

Omen

Es ist nichts,
es bedeutet nichts,
ist doch ein vergessenes
Photo nur, liegengeblieben
auf der Fensterbank, wo es
die Sonne anzieht, sich wellt,
ein rückentwickeltes Negativ
eines gestellten Augenblicks,
auf dem am Abend kaum noch
etwas zu erkennen ist, nur
Körperumrisse, zerfließende
Farben, unser Lachen als
Schattenablagerung.

Photomitschrift

Die Brückengeländer waren damals viel niedriger.
Die Brauereigäule zogen Schlachtrösser in sich mit.
Mir gefiel das: Stotzenfüße in Stöckelschuhen.
Eine Tanzfläche hatte selbst das kleinste Zimmer.
Stumpenraucher wurd ich, ein Laster als Tugend.

Adventsbildchen

Die angestrahlte Kirche.
Weit der nächtliche Abraum über ihr.
Im Inneren verstimmt ein Kältegrad die Orgel.
Während sie hinschwebt auf dieser Lichterhebung.
Allein das Spannseil deines Blickes hält sie fest.

Aus dieser Perspektive

Ist der Radius
der Reglosigkeit
ein Punkt.

Hockt der Zögling
vor seinem Suppenteller
und starrt in ihn hinein
wie in einen Strudel.

Verändert mit den Jahren sich
das Gleichbleibende
am meisten.

Wär die Schneeschaufel,
die dort am Hauswandschatten lehnt
und dem ganzen Geblühe noch nicht traut,
eine Achse.

XV

Zeitungsausschnitte sammeln

Gering Vorkommnis täglichen Lebens …

CHRISTIAN WAGNER

Vor den knorrigen kurzgeschnittenen Akazien, die seit jeher den Eingang rahmten, damit die Sonne nicht das Holz der Haustür rissig brannte. Dort haben die Jubilare sich für den Photographen aufgestellt. Mit einer erratischen Stirn. In einem Alter, in dem man sich langsam an die Zukunft rückerinnert, Vergangenes vorhersagen wird. Das Geburtsjahr als Anker, hätte ihr gesamtes Kindheitsdorf, eine damalige Seelengemeinde, zur Not auch einen Schiffsbauch ausgefüllt. Jeden einzelnen Tag in die Seinslehre gehen. Dazu überlebt haben im Krieg, als das Flugzeug abgeschossen wurde zwischen Sizilien und Afrika: indem man den Holzpropeller zu greifen bekam, der auf dem Wasser trieb. Arbeit annehmen in einer Schäftefabrik, als Fronmeister, im Straßenbau. Ich war nicht maßlos, resümiert einer dieser Neunzigjährigen, nur rauskriegen wollte ich, wieviel ich vertragen kann. Den Kopf schütteln und Ja murmeln, beim Tanzen führen ohne zu führen, so fand man zwischen Naturlocken und blonden Zöpfen zueinander, aufwachend hernach als diamantenes Ehegespann. Die Konsistenz der Zeit, der Schaltkreis zwischen jung und alt. Ehrenämter, Schicksalsschläge. Die Urenkelin will Ballerina werden oder Fußballerin.

Ein Elefant orientiert sich im Porzellanladen, ein Kamel hungert sich durchs Nadelöhr. Überschüssige Kraft, die einen Wurzelstock ausreißen könnte. Oder Wehleidige, die man nur anpustet, schon fliegen sie um. Natürlich ist die Sache mau. Natürlich zahlte es sich aus, aber rechnet sich kaum. Zumindest einige dieser Leserbriefschreiber, die aus vier Sätzen eine grobe Festung erbauen, scheinen trotzdem mürbe zu erahnen, daß auf der Briefwaage die Worte mehr wiegen als die Wörter und mitunter selbst die Stille polemisch wirkt. Scheinen überdies zu wissen, wie lange es dauert, bis Erfolge verheilt sind, was Allmachtsseckel auf Schriftdeutsch heißt, und es letztlich um den Schnörkel geht zwischen Passamt und Passant, zwischen Qualle und Quelle. Auf die Art werden Feldforschungen angestellt von Villa zu Bruchbude. Wird zerpflückt, entsteint, entkernt. Wenn dies keine Lappalie ist und das eine Bagatelle wär, dann sind wir allesamt kleinwüchsige Riesen, dann verbirgt jeder Marmorengel eine wunde Stelle, dann verlöre sich unser ganzes Bistum in einem einzigen Weizenkorn. Fischgalle und Blindheit. Weltgewiß drehen sich die Windmühlenflügel.

Vor dem ersten Spatenstich, neben einer spindeldürren Vermessungsstange, in der Mitte des Lokaltermins, posiert er, der Fähnrich der Geschäftsleitung. Der andernorts nichtmal den Spielraum hätte, um das Darlehen für einen Schäferskarren zu bewilligen. Auf den Fettfleck zeigend im geänderten Nutzungsplan: filetierte Landschaft, Industriegebiet in Autobahnnähe, wo sich einmal Pilgerwege mit Heeresstraßen kreuzten. Und jetzt am Randzipfel diese leere Werkshalle blinzelt. Früher die Gottheiten, heute die Märkte, kommt das, was zugeliefert wurde von dort, nun von einem anderen Kontinent. Ergo die Grundschuld ablösen. Und du könntest dein Privatmuseum darin einrichten, ein größenwahnsinniges Atelier, eine kleine Seifenblasenfabrik.

Zuweilen stolpert der Tod im Dunkeln, an irgendeinem Ortsausgang, über seine eigene Sense. Bis er sich wieder aufgerappelt hat, sind bereits der Notarzt und die Helfer schon da. Das Bild von der Unfallstelle: das unkenntliche Autowrack, ein Blechklumpen, aus dem die Eingeklemmten herausgeschnitten wurden. Im Hintergrund, zwischen dem stämmigen Ausschnitt, der Schatten des vom Blaulicht Verscheuchten. Der tags darauf, bei den Traueranzeigen, schon wieder Namen nachruft, bisweilen auch letztmalige, uralt ungebräuchliche, mit eigener Gravitation, Fundgeschichten anstimmend, zu Walstätten führend: Kreszenz, Kumerana, Walburga, Kunigund, welche einst Heiligenammen waren, Eheverweigerinnen, Stammesmütter. Unfaßbar und schlicht umrandet daneben heute: der mit achtzehn ging, von sich aus, ohne sich umzuschauen, ohne Abschiedsbrief. Ein Abgrund, vor dem es selbst den nahesten Freunden unerklärlich bleibt, warum er seine Schuhe ausgezogen hat, sie nebeneinander angeordnet zurückließ hinter dem Seitenstreifen, bevor er hinuntersprang.

Neben der Collage aus müden Fraktionsgesichtern, einer Vorstandschaft, die nicht entlastet wird, und dem Lokalkampfergebnis, weht aus dem Amtsgerichtssaal das Atemfähnchen des Restalkohols herüber: ein digitaler Hühnerdieb, der unverschuldet am Boden kniet, weil er von rossigen Stuten abgeworfen wurde, oder zuletzt, mit einer Schlafmaske über den Augen, mit einer verzweifelten Spritzpistole in der Hand, eine verschlossene Zweigstelle ausrauben wollte. Und ja, es ist mehr als wissenswert, und ja doch, es ist einen Millimeter weltbewegend, wenn in diesem Sommerloch drüber hinaus ein Imker anmerkt, daß für ein Gramm Honig tausende von Blütenbesuchen nötig sind, eine Biene beim Nektartransport ein Drittel ihres eigenen Körpergewichts zu tragen vermag und an die achthundert Kilometer zurücklegt in ihrem kurzen, sechswöchigen Leben. Ebenso anderntags, zweieinhalb Ortschaften weiter, als da während des Werkstattbesuchs des Volontärs bei einem Maskenschnitzer ein paar Späne darlegen, wie weich und leicht Lindenholz sei, daß sich aus ihm, lignum sanctum, Heiligenholz, keine Speere schnitzen ließen, aber Altarbilder und Madonnen.

Auf Gruppenbildern blicken alle zusammen in eine kristallklare Brühe oder zu einem Zeremonienmeister hin. Sucht sich die Mitte ein Gesicht heraus. Muß man der Darsteller seiner eigenen Wichtigkeit sein. Steht ein Verlorener, der als einziger nicht lacht, zwischen Anzugsträgern wie barfuß da. Wartet alles auf den Moment des Eröffnungszuges. Haben sich Nestflüchter und ehemalige Albenträger, einen Augenblick vorm Auseinanderstieben, als Abiturjahrgang an der Festhalle aufgestellt. Sind zufällige Statisten verteilt an einer hingeklotzten Kreuzwegstation. Schaut einer nach dorthin, wo ihm die Ehrungen nichts mehr anhaben können. Beglaubigt die Sonne den Tag, wenn die zusammengekommenen Jahrgänger ihre Lücken zählen. Wecken Hornbläser in einem Halbkreis ein paar Füchse, Rehe und Hasen auf, die auf Tannenzweigen gebettet beieinander liegen.

Wenn, Kraut und Rüben, Gedankengefühl und Meinung, Mundraub des Zitierens, aus dem losen Durcheinander ein Kuddelmuddel wird, es ein paar Podiumsteilnehmern in einer Turnhalle um das große Ganze geht, Fachsimpel gegen Laienexperte antritt, Luftbläschen aufsteigen, ein Rundrücken ein Fragezeichen moduliert, der mit Doppelkinn schon immer vehement dafür war, den Gürtel enger zu schnallen, unmöglich aber machbar der Standpunkt aller Hemdsärmeligen ist, jetzt, wo es um das ganz Große geht, dann braucht es vielleicht, damit wir uns wieder zurechtfinden in der *Vergegenkunft*, nicht bloß dort sind, wo wir uns scheinbar befinden, etwas Aufschauendes wie diesen Zimmermann, der im Bericht daneben eine herausgesägte Eichenholzscheibe ins Bild hält, mit deren Jahresringen berechnet wird, dendrologisch, auf den Monat genau, in welchem Winter der Baum für das Gebälk über dem Chorbogen gefällt wurde, in welchem Frühjahr eines fünfzehnten Jahrhunderts Vorfahren diese Balkenstücke eingesetzt haben.

Auf der zufälligen Rückseite eines zusammengefalteten Feuilletonartikels, der das Minimalistische abhandelt, wie es manchmal allein dadurch entstehe: wenn einer der Hochgehandelten grundierend mit der Leinwand seinen Atelierboden putze, Kleckse und Farbspritzer damit aufwische, erklärt abgerissenen Ausschnitts ein Taktiker, daß er sich in der Vorbereitung als übermächtigen Gegner den Aufstiegsaspiranten einer höheren Liga herhole. Dann, nach zweistelliger Klatsche an einem trüben Sonntagvormittag, kenne man seine Mannschaft, ihr Gefüge. Kenne man, Schubumkehr der Niederlage: den Punkt, an dem sie auseinanderfällt, den Punkt, an dem sie zusammenwächst.

Hinzufügen, zum Detailfundus des Angelesenen: daß die Schmuckfedern, die während der Brutzeit auf dem Rücken des Silberreihers wuchsen, frühere Damenhüte zierten. Daß, der längeren Lebensdauer wegen, das Wasserrad der Sägemühle gefertigt wurde aus sibirischer Lärche. Umgekehrt eingegrabene Tonkrüge sich als Nachgeburtstöpfe erwiesen. Und die Weltberühmtheit zum Ballett kam, weil sie als Kind an Rachitis litt, ein Hohlkreuz hatte. Es einsortieren, aber wo, daß vor an die vierzigtausend Jahren eine in Fellen gekleidete Frau, in einer sich danach ablagernden Felsnische der nahen Alb, ihr aus den Eckzähnen eines Eisfuchses angefertigtes Schmuckstück ablegte oder versteckte, und es aus irgendeinem Grund zurückließ, zurücklassen mußte.

Da also der Alltag die Form eines Flickenteppichs aufweist, Begebenheit sich auf Erkenntnis reimt, die Bälde ein dunkles Futur ist, Untreue der Plural von Liebe wär, braucht man als Kolumnist kein Thema, reicht ein Anlass: vorgestern die Gelübdegeschichte eines restaurierten Feldkreuzes, heute die Farbenlehre des Herbstes, morgen das Handy, das bei der Trauerfeier klingelt.

Sonderbarer als seltsam jedoch, wenn ein Feuerwehrhaus am lichterlohesten brennt, oder wenn Jahrzehnte mit einem Augenaufschlag vergehen, in einem Seitenrascheln vergangen sind, nur weil dieses Wesen, das dir einst und dort, in einem nun wohl längst verfallenen Holzschopf oder Gartenhäuschen, Beerenblut abtupfte und eine unsichtbare Schnittnarbe hinterließ durch das Stöckchenskalpell, abrupter als plötzlich wieder auftaucht, indem seine erwachsene Gestalt ganz in Schwanenweiß, neben Blumenkindern, ein wenig überbelichtet, unter dem gestrigen Datum, unverkennbar, vor das Brautportal der Stiftskirche tritt.

Was mithin fehlt, wenn nichts fehlt, formuliert sich im Raritätenkabinett der Kleinanzeigen, wo Einzimmerhöhlen angeboten werden, eine Nebenbeschäftigung als Hauptberuf, Wunderheilerin und Alleinunterhalter Kästchennachbarn sind, die Altersangaben in Klammern stehen, eine vereinzelte Stirnlampe das Hellichte ersehnt.

Unausgewertet, von längst vergangenen Wintermonaten her, ein Stapelfund vergilbtes Anbrennpapier: für den ausgewachsenen Wärmekoloss des Kachelofens. Erscheinungstage, wo für morgen Kameradschaftsabende angekündigt wären, die Geburtsstation noch nicht geschlossen wurde, und man die Erfolgsmeldungen, um Wände zu weißen, zum Malerhut faltet. Umgeblättert weiter, in einer Kirchenspalte unter dem Tagesspruch der Glockenzier, zwischen Aussegnung und Einweihung, liest du: daß die Feiertage das Jahr zusammenhalten, daß der Friedhof kein Spielplatz ist und der Singkreis immer freitags für den Sünderchor probt.

Worte belauschen
Worten Raum geben
Wortfinder
Am Anfang war das Wort
Wortsalat
Wortverdreher

Suche Gott, denn auch
Gott sucht dich in dir
(Segen v. Ludger)

Nicht wovon lebst du,
sondern wofür?

Nichts, nur
Nur ein nur

25,- (28)